울지 마, 아이야

* 이 도서의 국립중앙도서관 출판예정도서목록(CIP)은 서지정보유통지원시스템 홈페이지(http://seoji. nl.go.kr)와 국가자료공동목록시스템(http://www.nl.go.kr/kolisnet)에서 이용하실 수 있습니다. (CIP제어번호: CIP2016010313)

울지 마, 아이야

응구기 와 티옹오 장편소설

황가한 옮김

은행나무

자스비르 칼시에게

✱ 차례

울지 마라, 애야

울지 마라, 아가야

이 입맞춤으로 내가 네 눈물 거두게 해주렴,

굶주린 구름은 승리해도 오래가지 못하고,

오랫동안 하늘을 차지하지도 못할 거란다……

— 월트 휘트먼, '한밤에 바닷가에서' 중에서

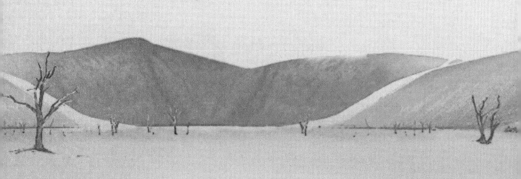

1부

사그라지는 빛

1장

뇨카비가 그를 불렀다. 그녀는 선이 굵으면서도 근엄한 얼굴을 가진, 까맣고 자그마한 여자였다. 생기와 온기로 가득한 작은 눈을 보면 한때는 미인이었음을 알 수 있었다. 하지만 세월과 어려운 환경은 미모에 좋지 않은 법이다. 그래도 뇨카비는 특유의 함박웃음, 그녀의 까만 얼굴을 환하게 밝히는 미소를 여전히 간직하고 있었다.

"너 학교에 가고 싶니?"

"오, 어머니!" 은조로게가 헉하고 숨을 들이마셨다. 그는 이 여인이 방금 한 말을 취소할까 봐 반쯤 두려웠다. 잠시 침묵이 흐른 후 그녀가 말했다.

"우리 집은 가난해. 그건 너도 알지?"

"네, 어머니." 그의 심장이 갈비뼈에 살짝 닿을 정도로 팔딱댔다. 목소리도 떨렸다.

"그러니까 너는 다른 애들처럼 점심을 먹을 수 없을 거야."

"알겠어요."

"어느 날 갑자기 학교에 안 가겠다고 해서 날 망신시키진 않을 거지?"

오, 어머니, 절대 어머니를 망신시키지 않을게요. 학교만 가게 해주세요, 제발. 그가 머릿속으로 그린 어린 시절이 또다시 눈앞에 펼쳐졌다. 그는 잠시 동안 그 광경을 바라봤다. 그는 홀로 그 세계 속에서 살았다. 밝은 미래 는 그만을 위해 거기에 존재했다……. 그가 소리 내어 말했다. "저는 학 교가 좋아요."

그는 나직이 그렇게 말했다. 어머니는 그의 말을 이해했다.

"알았다. 월요일부터 학교에 가렴. 아버지가 봉급을 받으시는 대로 가 게에 가자. 너에게 셔츠와 반바지를 사 주마."

오, 어머니, 어머니는 하느님이 보내신 천사예요. 암, 그렇고말고요. 그리고 그는 생각했다. 어머니가 주술사에게 다녀온 걸까? 그러지 않았다면 어 떻게 그가 말하지 않은 소원, 누설하지 않은 꿈을 알아낼 수 있었을까? 지금은 무명천 쪼가리 하나 걸치고 있는 내가 좀 있으면 난생처음 셔츠와 반바 지를 갖게 된다니.

"고맙습니다, 어머니. 정말로요." 그는 뭔가 더 말하고 싶었다. 하지만 은조로게는 강렬한 감정을 말로 표현하는 데 익숙지 않았다. 그러나 그의 눈이 모든 것을 말해줬다. 이번에도 뇨카비는 이해했다. 그녀는 기뻤다.

저녁에 카마우가 돌아오자 은조로게가 그를 한쪽으로 잡아끌었다.

"형, 나 학교에 가게 됐어."

"학교?"

"응."

"누가 그래? 아버지가?"

"아니. 우리 어머니가. 형한테도 큰어머니가 그러셨어?"

"아니. 너도 알다시피 난 목수 수업을 받고 있잖아. 도제를 중간에 그만둘 순 없어. 하지만 네가 학교에 간다니 기쁘네."

"나도, 아, 정말 기뻐. 하지만 형도 같이 다니면 좋을 텐데."

"내 걱정은 하지 마. 다 잘될 거야. 넌 교육을 받아. 나는 목공을 배울 테니. 그러면 나중에 우리 둘이 더 좋은 새 집을 사서 온 가족이 이사 갈 수 있을 거야."

"그래." 은조로게가 생각에 잠겨 대답했다. "나도 그랬으면 좋겠어. 자코보 아저씨가 하울랜즈 씨만큼 돈이 많은 이유는 교육을 받았기 때문이라고 생각해. 그래서 다들 자식을 학교에 보내는 거지. 자기가 교육의 가치를 배웠으니까."

"맞아. 하지만 공부를 배워야 하는 사람도 있고, 이런저런 기술을 배워야 하는 사람도 있어."

"음, 나는 우리 둘이 공부를 배워서 자코보 아저씨네 큰아들 존처럼 되면 좋겠다고 생각했어. 사람들이 그러는데, 존은 케냐에서 배울 수 있는 걸 다 배웠기 때문에 이제는 멀리······."

"영국에 가게 됐지."

"아니면 미얀마에."

"영국이랑 미얀마랑 뭄바이랑 인도는 다 같은 곳이야. 거기 닿으려면 우선 바다를 건너야 해."

"하울랜즈 씨가 거기서 온 거야?"

"그래."

"난 그 사람이 왜 공부의 본고장인 영국을 떠나서 여기에 왔는지 모르겠어. 멍청한 게 분명해."

"나도 몰라. 원래 백인을 이해할 순 없는 법이야."

이 땅을 가로지르는 도로는 오직 하나뿐이었다. 그것은 길고 넓었고 검은 타르 때문에 번쩍였으며, 더운 날 그 위를 달리고 있으면 먼발치에 작은 호수가 보였다. 하지만 가까이 가면 호수는 사라졌다가 조금 떨어진 곳에 다시 나타났다. 어떤 사람들은 그것을 악마의 물이라고 불렀다. 그것이 사람들을 속이고 이미 목마른 사람을 더욱더 목마르게 만들기 때문이었다. 이 땅을 가로지르는 길고 넓은 그 길은 시작도 끝도 없었다. 적어도 그 시작점을 아는 사람은 거의 없었다. 단지 그 길을 따라가면 여행자를 큰 도시로 데려가서 그곳에 남겨두고 미지의 세계로 넘어가버릴 뿐이었다. 어쩌면 바다와 합쳐지는지도 몰랐다. 누가 그 길을 만들었을까? 소문에 따르면, 길은 백인들과 함께 나타났다. 어떤 이들은, 여기서 멀리 떨어진 곳에서 '큰 전쟁'이 일어나는 동안 이탈리아인 포로*들이 그 도로를 재건했다고 말했다. 사람들은 전쟁의 규모가 얼마나 컸는지 알지 못했다. 그들 대부분이 비행기, 독극물, 불, (공중에서 떨어지는 순간 그 자리에서 한 지역을 끝장내는) 폭탄으로 싸우는 큰 전쟁을 본 적이 없었기 때문이다. 그것은 정말로 큰 전쟁이었다. 왜냐하면 영국인들이 걱정하고 기도하게끔 만들었고, 싸우러 나갔던 이 땅의 검은 아들들**이 큰 전쟁이라고 말했으니까. 그 전에도 큰 전쟁이 한 번 있었다. 첫 번째 전쟁은 이곳을 공격해서 흑인들을 노예로 만들어버리겠다고 협박하는 독일인들을 몰아내기 위한 것이었다. 사실이 무엇인지는 몰라도 사람들이 들은 바로

---

* 영국의 식민지였던 케냐는 이탈리아령 동아프리카(지금의 소말리아, 에리트레아, 에티오피아)에 면해 있었기 때문에 영국군에게 생포된 이탈리아인 포로들이 케냐의 수용소에 갇혀 있었다.
** 영국의 동아프리카 식민지(우간다, 케냐, 탄자니아) 주민들로 구성된 영국 아프리카 소총 부대 (King's African Rifles)는 2차 세계대전 당시 미얀마에서는 일본군을, 이집트에서는 이탈리아군을 상대로 싸웠다.

는 그랬다. 하지만 그것은 오래전에 멀리서 있었던 일이었기에 노인들과 중년 사내들만 기억하고 있었다. 게다가 두 번째만큼 큰 전쟁도 아니었다. 그때는 폭탄이 사용되지도 않았고 흑인들이 이집트나 미얀마에 가지도 않았기 때문이다.

긴 타르 도로를 건설한 이탈리아인 포로들은 자신들을 가리킬 호칭을 남기고 갔다. 그들 중 일부가 흑인 여자들과 어울려 다녔고 그 흑인 여자들이 백인 자식을 낳았기 때문이다. 흑인 어머니와 이탈리아인 포로, 즉 백인 남자 사이에서 태어난 아이들은 일반적인 '백인'이 아니었다. 하나같이 못생긴 데다 어떤 아이들은 온몸에, 특히 입 주위에 작은 상처가 있어서 언제 어디서나 파리를 달고 다녔다. 이를 가리켜 벌받은 거라고 말하는 사람들도 있었다. 흑인을 지배하고 박대하는 백인 남자와 자면 안된다는 것이었다.

백인들은 왜 싸워야 했을까? 아아! 이 사람들이 무슨 행동을 할지 예측하기란 불가능했다. 그들 모두가 백인이라는 사실에도 불구하고 그들은 독극물, 불, 한 고장을 파괴하는 큰 폭탄으로 서로를 죽였다. 심지어 서로 죽이는 것을 도와줄 사람들까지 불러왔다. 영문 모를 일이었다. 완전히 이해할 수도 없었다. 그들은 히틀러와 싸웠다고 했지만 (아! 히틀러. 모든 영국인들이 두려워한 용감한 사람. 그는 결국 살해당하지 않고, 알다시피 그냥 그렇게 사라져버렸다) 히틀러 역시 백인이었기 때문이다. 생각해봤자 별수 없었다. 그러니 이해하려는 시도 따윈 포기하고 그냥 자기가 사는 고장과 동네 사람들에 대해 아는 선에서 만족하는 편이 나았다. 만일 이것으로 충분치 않아서 더 많은 사람들을 만나고 머나먼 넓은 세상 이야기—바다 건너 러시아, 영국, 미얀마로부터 온 이야기—를 듣고 싶으면 아내의 감시를 피해 가까운 읍내인 키팡가에 가면 되었다. 예를 들어, 식구들이 먹을 고기를 사러 간다고 아내에게 말하면 되었다. 그 정도면 충분히 특별한 이유였다.

"알았어요! 읍내에 가서 너무 오래 어슬렁거리진 마세요. 당신네 남자들이 어떤지 내가 몰라요? 당신들이 일하기 싫을 때 읍내에 가서 술 마시는 동안 노예인 우리 여자들은 고생과 땀 속에서 살아야 하죠."

"금방 올게."

"눈 피하기는. 내 얼굴을 똑바로 보지도 못하네. 자기가 거기 가서 하루 종일 있을 줄 아니까⋯⋯."

"자, 자, 일단은 내가 금방 올 거라고 믿어봐."

"그런 생각은 꿈에도 안 해요!"

마후아 마을에서 키팡가까지 가는 방법은 여러 가지가 있었다. 우선 큰길을 따라갈 수 있었다. 큰길은 읍내 근처를 지나갔다. 아니면 계곡을 지나 읍내로 접어드는 샛길을 따라갈 수도 있었다. 키쿠유랜드*처럼 산등성이로 이루어진 지역에는 계곡은 많은 반면 평지는 적었다. 큰길조차도 맞은편 계곡을 통과하게 되어 있었다. 두 계곡은 한곳에서 만나면서, 이를테면 서로를 그러안으며 넓어져서 평원이 되었다. 얼추 직사각형 모양인 그 평원은 네 귀퉁이로 모여드는 혹은 거기로부터 뻗어나가는 계곡 네 개와 연결되어 있었다. 그중 두 계곡은 '흑인 지역'으로 접어들었다. 나머지 둘은 '흑인'의 땅과 '백인'의 땅을 구분 지었다. 이 말인즉 우뚝 솟아 서로 마주 보는 산등성이가 네 개 있음을 의미했다. 직사각형 평

---

* 키쿠유족이 많이 모여 사는 지역. 키쿠유족은 케냐의 여러 부족들 가운데 최다수 부족으로, 전체 인구의 20퍼센트 이상을 차지한다.

원의 긴 변 쪽에 위치한 산등성이 둘은 폭이 넓으면서 서로 가까웠다. 짧은 변 쪽에 위치한 나머지 둘은 폭이 좁고 끝이 뾰족했다. '흑인'의 땅이 어느 쪽인지는 알기 쉬웠다. 붉고 거칠고 보기 흉했기 때문이다. 반면에 백인 정착민들의 땅은 푸르렀고 작은 조각들로 찢어져 있지 않았다.

키팡가는 바로 이 들판에 세워졌다. 대도시 같은 큰 고을은 아니었다. 그러나 신발 공장이 하나 있어 많은 흑인들이 그곳에서 일해 생계를 꾸렸다. 그리고 인도인 가게가 많았다. 인도인 장사꾼들은 아주 돈이 많다고들 했다. 흑인 소년 몇 명을 고용하긴 했지만 사람 대접을 하지 않았다. 인도인들을 좋아하기란 불가능했다. 그들의 관습이 나쁜 의미에서 낯설고 웃겼기 때문이다. 하지만 그들의 가게는 규모가 컸고 다양한 제품을 갖추고 있었다. 백인 정착민들은 곧잘 아내와 자식들을 데리고 부유한 인도인 가게에 와서 원하는 물건을 몽땅 사곤 했다. 인도인들은 유럽인들을 두려워했다. 인도인 가게에서 물건을 사고 있던 흑인이 백인 남자의 눈에 띄면 인도인은 즉시 흑인을 내팽개치고 사시나무처럼 떨면서 백인을 응대하기 시작했다. 하지만 이것이 백인 여자들을 속이기 위한 교활한 방법이라고 말하는 사람들도 있었다. 인도인이 덜덜 떨면서 "네, 멤사히브,** 혹시 더 필요하신 것 있으신가요?"라며 굽신대면 백인 여자들이 기꺼이 달라는 대로 지불하기 때문이라는 것이었다. 자신을 두려워하는 인도인이 감히 가격을 속이진 않을 거라고 생각하기 때문에.

흑인들도 인도인들에게서 물건을 샀다. 하지만 읍내 한쪽, 우체국 근처에 모여 있는 아프리카인 가게에서도 샀다. 아프리카인들은 가게에 물건을 많이 갖다 놓지 않고 대개 바가지를 씌웠기 때문에 사람들은 인도

** 지체 높은 백인 부인을 부를 때 쓰는 인도어.

인들이 싫어도(인도인들은 몇 마디 배운 스와힐리어로 욕을 하면서 흑인 여자들에게 함부로 했다) 그들에게서 사는 것이 더 현명하고 편리함을 알게 됐다. 어떤 이들은 흑인들끼리 단합해서 흑인 형제들에게서만 물건을 사야 한다고 말했다. 그러자 어느 날, 한 가난한 노파가 말했다. "아프리카인들끼리 단합할 거면 그리해서 아주 싼 값에 팔기로 합시다. 사는 사람도, 파는 사람도 모두가 흑인이오. 싼 값에 팔지도 않을 거면 왜 가난한 여자가, 백인종이든 홍인종이든 더 싼 값을 받는 사람한테서 사지도 못하게 하는 거요?"

인도인 상점가에서 흑인들은 백인들, 인도인들과 어울렸다. 하지만 인도인들을 뭐라고 불러야 하는지는 알지 못했다. 인도인도 백인인가? 그들도 영국에서 왔나? 미얀마에 갔다 온 사람들은, 인도에 사는 인도인들은 가난하며 아프리카인들처럼 백인의 지배를 받는다고 했다. 인도에는 간디라는 사람이 있었다. 이 사람은 이상한 선지자였다. 그는 평생 동안 인도의 자유를 위해 싸웠다. 이 야윈 사내는 늘 앙상한 몸에 무명천을 드리운 허름한 차림을 하고 있었다. 상점가를 따라 걷다 보면 인도인 소유의 모든 건물에서 간디 사진을 볼 수 있었다. 인도인들은 그를 바부*라 불렀고, 바부가 그들에겐 사실상 신이라고 했다. 그는 인도인들에게 전쟁에 나가지 말라고 했다. 그래서 흑인들은 군대에 징집된 반면, 인도인들은 말 그대로 징집을 거부하여 참전하지 않았다. 소문에 따르면 케냐의 백인들은 인도인들을 좋아하지 않았다. 전쟁에 나가서 히틀러와 싸우길 거부했기 때문이다. 이 사실은 인도인들이 겁쟁이라는 것을 보여줬다. 아프리카인들은 인도인들이 겁쟁이라는 생각에 동조하는 경향이 있었다.

---

* (특히 학식이 높은) 남자를 부를 때 쓰는 인도어.

아프리카인 가게들은 서로 마주 보게 두 줄로 지어져 있었다. 공기는 소음으로 가득했고, 정육점 근처에서는 고기 타는 냄새가 지독했다. 어떤 젊은이들은 아무것도 안 하고 상점가를 어슬렁거리며 시간을 보냈다. 그중에는 고기 500그램을 얻기 위해서라면 하루 종일 일할 수 있는 이들도 있었다. 그들은 게으름뱅이라고 불렸는데, 마을 사람들은 그런 녀석들이 나중에 도둑질과 범죄를 저지르게 된다고 말했다. 이런 생각을 할 때마다 사람들은 항상 두려움에 떨었다. 냉혹한 살인은 사악한 짓이었기 때문이다. 살인을 한 자는 천상에서도 지상에서도 영원한 골칫거리였다. 그런 청년들을 알아보긴 쉬웠다. 찻집, 정육점, 심지어 인도인 상점가에서까지도 서성이며 일용할 양식을 벌게 해줄 심부름을 기다리는 모습이 쉽게 눈에 띄었기 때문이다. 그들은 때때로 스스로를 젊은 히틀러라고 불렀다.

이발소는 이곳의 명소였다. 이발사는 아주 세심하게 빗어 넘긴 머리를 한, 키가 작고 피부가 갈색인 사내였다. 그는 대단한 익살꾼이어서 이야기로 사람들을 웃길 수 있었다. 이 근방에는 이발사가 모르는 사람도, 이발사를 모르는 사람도 없었다. 그는 '이발사' 외에 다른 어떤 호칭으로도 불리지 않았다. 이발사가 누군지 모른다거나 이발소가 어디 있는지 모른다고 하는 사람은 그 즉시 이방인 아니면 바보로 간주되었다. 이 마을 사전에서 바보란, 남편이 잠시도 자기 곁을 떠나지 못하게 하는 아내를 둔 남자를 뜻했다. 어쨌거나 노래하고 춤추고 심지어 영어까지 할 줄 아는 이발사를 찾아오지 않을 수 있는 사람이 대체 누가 있단 말인가?

"영어는 '큰 전쟁' 때 배웠다오."

"정말 그렇게 큰 전쟁이었나?"

(이발사가 이발기로 짤깍짤깍 짤깍짤깍 소리를 낸다. 모두 기대심에 찬 채 둘러서서 '큰 전쟁' 이야기를 들으려고 기다린다. 이발사가 뜸을 들인다.)

"형씨, 형씨가 거기 있었다면 그렇게 물어보지 않았을 거요. 폭탄에, 빵 우지끈! 빵 우지끈! 두두두두! 두두두두! 하는 기관총에, 수류탄에, 우는 사람들과 죽어가는 사람들까지! 어허, 형씨가 거기 있었다면 좋았을 텐데."

"혹시 첫 번째 전쟁과 비슷했나?"

"하! 하! 하! 첫 번째는 애들 전쟁이었지. 여기서만 싸웠고 말이오. 그 전쟁에 나갔던 아프리카인들은 짐꾼에 불과했소. 하지만 이 전쟁은…… (고개를 이쪽으로 돌리세요. 아니, 이쪽으로요. 네, 그겁니다) 이 전쟁에서는 우리가 총을 들고 가서 백인들을 쐈지."

"백인들을?"

"그으으으렇다니까. 그들은 우리가 생각하는 것과 달리 신이 아니오. 그때 백인 여자들이랑 자기도 했는걸."

"하! 백인 여자들은 어떻……?"

"다르지 않아요. 다르지 않아. 나는 딸기가 있는 근사하고 통통한 까만 몸을 좋아한다오. 하지만 백인 여자들은…… 알다시피…… 너무 말랐어…… 살이고 뭐고…… 아무것도 없지."

"하지만 분명 끝내주는……."

"그래! 하기 전에는…… 생각하지…… 에…… 뭐…… 끝내준다고. 하지만 하고 나면…… 아무것도 아니라오. 거기다 돈까지 내야 하고."

"설마 몸을……?"

"많아요! 기꺼이 팔려는 여자가 많아. 그것도, 어디 다른 데도 아니고 예루살렘에서 그랬다니까."

둘러선 사람들이 깜짝 놀랐다.

"예루살렘에 그런 데가 있다는 얘긴 아니지?"

"하, 하, 하! 뭘 모르는구먼. 뭘 몰라. 우리는 별별 것, 별별 곳을 다 봤다오. 자, 다 됐습니다. 잠깐! 잠깐만 기다리세요. (짤깍짤깍) 이제 다 됐네요. 아주 멋있으십니다. 만약에 형씨가 예루살렘에 가봤다면⋯⋯."

"벌써 시간이 이렇게 되다니!"

"이제 가야겠어. 집식구들에게 가져다줄 걸 뭔가 사야 되는데."

"나도, 마누라들한테 고기 사러 간다고 했거든. 벌써 깜깜해지려고 하네."

"여자들이란!"

"맞아, 여자들이란!"

이 말과 함께 응고토는 인파를 헤치고 밖으로 나왔다. 그는 늘 이발사의 이야기 듣는 것을 좋아했다. 그의 이야기를 들으면 왠지 모르게 1차 세계대전 때 자신이 했던 여행과 고생이 생각났다. 소년병으로 징집당했던 그는 백인 병사들을 위해 짐을 날라야 했다. 또 덤불을 제거하거나 길을 닦기도 했다. 그때 그를 비롯한 흑인들은 총기 사용을 허가받지 못했다. 하지만 이발사가 나갔던 전쟁은! 아! 뭔가 특별했다. 그의 두 아들도 두 번째 전쟁에 나갔다. 한 명만 살아 돌아왔다. 살아 돌아온 녀석은 실제 전쟁터에 대해 많은 이야기를 하지 않았다. 끔찍한 인생 낭비였다는 말만 할 뿐이었다.

응고토는 고기 2킬로그램을 사서 1킬로씩 두 덩이로 나눠 묶었다. 하나는 첫째 아내 은제리에게, 다른 하나는 둘째 아내 뇨카비에게 줄 것이었다. 남편이 이런 일에서 현명하게 처신하지 않으면 작은 실수나 명백한 차별로 인해 쉽게 집안싸움이 일어날 수 있었다. 응고토가 집안싸움을 그렇게 두려워한 것은 아니었다. 그는 두 아내가 서로를 좋아하고 좋은 동무이자 친구임을 알고 있었다. 하지만 여자들은 믿기 어려웠다. 그들은 변덕스러운 데다 질투가 심했다. 여자가 화가 나면 아무리 때려도 진정시킬 수가 없었다. 응고토는 아내들을 많이 때리는 편은 아니었다. 그의 집은 오히려 평화로운 곳으로 알려져 있었다. 그래도 조심하는 편이 좋았다.

그는 밭을 가로질러서 갔다. 큰길이나 계곡을 통해 가면 멀어서 그쪽으로는 가고 싶지 않았다. 그는 뇨카비와 은제리가 뭐라고 할까 생각했다. 그가 금방 돌아오겠다는 약속을 지키지 않기 때문이다. 하지만 그는 처음부터 금방 돌아갈 생각이 없었다. 그의 아내들은 좋은 여자들이었다. 요즘은 그런 아내를 얻기가 쉽지 않았다. 땀기 있는 통통하고 까만 몸에 대해 이발사가 한 말은 사실이었다. 자신의 고용주의 아내 멤사히브를 봐도 그랬다. 너무 말라서, 때때로 그 여자에게 살이 붙어 있기는 한지 궁금했다. 남자가 그런 아내를 원하는 이유는 뭘까? 남자는 모름지기 뚱뚱한 여자를 원하는 법인데. 은제리, 뇨카비와 결혼했을 때에는 그에게도 그런 여자가 있었다. 하지만 시간이 그들을 바꿔놓았다……. 그는 이발사가 한 얘기, 백인 여자랑 잤다는 부분이 정말 사실일까 생각했다. 하울랜즈 부인 같은 백인 여자가 돈 때문에 흑인 남자와 잘 정도로 천박해질 수도 있다고 믿을 사람이 누가 있겠는가? 하지만 요즘은 믿기 힘든 일이 워낙 많았다. 그는 자신의 아들 보로도 그런 일을 했을까 궁금했다. 물론 그런 일을 한 아들을 두었다는 것은 특별한 일이었다. 하지만 여자를 산다는 발상 자체는 전혀 기껍지 않았다. 백인 여자들에게 그 이상의 뭔가가 없다면, 음, 흑인 여자랑 자는 편이 나았다.

"어쩜 이렇게 빨리 오셨어요!" 뇨카비가 그를 맞이했다.

"남자들이 항상 저엉마알로 빠르다는 건 자네도 알잖아." 은제리가 똑같이 빈정거리는 투로 덧붙였다. 두 여자는 대개 밤을 '빨리 오게' 하거나 '빨리 가게' 하려고 같이 있었다. 응고토는 내심 흐뭇했다. 그들이 그런 말투를 쓸 때는 장난을 치고 있는 것임을 알았기 때문이다.

"이발소에 갔었어."

"누가 들으면 우리가 당신 머리 하나 못 다듬는 줄 알겠네요."

"뭐, 시대가 변하고 있잖아. 브와나* 하울랜즈가 말하길……."

"당신, 신식 백인 남자가 되고 싶은가 봐요."

"당신들은 골치 아픈 여자들이야. 이 고기부터 받아."

뇨카비와 은제리가 각각 자기 몫을 받았다.

"이제 내가 가서 젊은 애들을 방해할 차례네." 은제리가 말했다. 응고토의 아들들은 전부 마후아 산마루에서 온 젊은 남녀들과 함께 은제리의 오두막에 있었다. 그들은 대개 밤을 빨리 가게 하려고 그곳에 왔다. 그럴 때면 은제리는 젊은이들끼리 놔두고 뇨카비의 집에 가 있었다. 그들이 뇨카비의 오두막에 오면 뇨카비도 마찬가지로 그들을 두고 은제리네 집으로 갔다. 하지만 때로는 젊은이들이 응고토나 두 여인의 이야기를 듣고 싶어 하는 밤도 있었다. 그럴 때면 다 같이 한곳에 모이곤 했다.

"은조로게한테, 와서 아버지에게 새 옷 보여드리라고 전해주세요." 뇨카비가 방을 나서는 은제리에게 말했다.

응고토는 아들이 공부를 시작할 거란 사실이 자랑스러웠다. 이제 누가 그에게 학교에 보낸 아들이 있냐고 물으면 자랑스럽게 "그렇소!"라고 말

---

* 상사 또는 상전을 부를 때 쓰는 스와힐리어.

할 것이었다. 그 사실만으로도 자코보와 거의 대등해진 듯한 기분이 들었다.

"언제부터 간다고?"

"월요일요."

"녀석은 학교 가는 거 좋대?"

"행복해 보였어요."

그녀 말이 맞았다. 자코보의 딸 므위하키처럼 읽고 쓰기를 배우게 되리라는 것을 알았을 때 은조로게의 심장은 행복감과 고마움으로 터질 것만 같았다.

2장

　월요일에 은조로게는 학교에 갔다. 그는 학교가 어디에 있는지 잘 몰랐다. 어느 방향에 있는지는 알았지만 한 번도 가본 적이 없었기 때문이다. 므위하키가 그를 데리고 가면서 길을 가르쳐주었다. 므위하키는 어린 소녀였지만 은조로게는 예전부터 그녀를 존경했다. 언젠가 목동들과 므위하키의 오빠들 사이에 싸움이 붙은 적이 있었다. 목동들이 돌을 던졌는데 그중 하나가 그녀에게 맞았다. 그러자 목동들은 도망쳤고 오빠들은 그 뒤를 쫓았다. 그녀는 홀로 남겨져 울고 있었다. 멀리서 그 광경을 보고 있던 은조로게는 다가가서 우는 아이를 달래주고 싶다고 느꼈었다. 그런데 지금은 경험이 더 많은 그녀가 그를 학교에 데려가고 있었다.

　므위하키는 자코보의 딸이었다. 자코보는 응고토가 사는 땅의 주인이었고, 응고토는 무호이*였다. 은조로게는 아버지가 어쩌다 무호이가 됐는지 알지 못했다. 어린애가 그런 문제에 대해 알지 못하는 건 당연한지도

* 소작인.

몰랐다. 그에게는 너무 심각한 문제였으니까. 자코보에게는 어린 아들들과 다 큰 아들, 다 큰 딸 하나가 있었다. 교사인 큰딸의 이름은 루시아였다. 은조로게는 항상 루시아가 멋진 이름이라고 생각했다. 그의 누이들은 촌스러운 이름을 갖고 있었다. 루시아 같은 이름이 아니었다.

남학생들은 거칠었다. 그들은 그를 비웃었고 그에게는 충격적일 정도로 거친 농담을 했다. 학교 다니는 아이들을 우러러보았던 그의 마음이 흔들렸다. 자신은 절대로 그런 농담을 하고 싶지 않다고 생각했다. 그가 그런 농담을 한다면 어머니가 언짢아할 것이었다.

한 아이가 그에게 말했다. "너는 은주카야."

"아냐! 나는 은주우카가 아니야." 그가 대꾸했다.

"그럼 넌 뭔데?"

"난 은조로게야."

그들은 배꼽이 빠져라 웃어댔다. 그는 짜증이 났다. 내가 무슨 웃긴 소릴 했나?

다른 아이가 그에게 명령했다. "이 가방을 들어. 너는 은주카니까."

그가 가방을 받으려는데 므위하키가 그를 구하러 왔다.

"걔는 내 은주카야. 너희는 손대지 마." 몇 명이 웃었다. 다른 몇 명은 코웃음을 쳤다.

"야, 므위하키의 은주카를 내버려둬라."

"걔는 므위하키의 부하래."

"좋은 남편이 되겠어. 므위하키의 남편이 될 은주카로군."

"그래도 은주카는 은주카야. 녀석은 내 가방을 들어야 해."

이런 모든 얘기들이 은조로게는 당황스럽고 혼란스러웠다. 그는 어떡해야 할지 몰랐다. 므위하키는 화가 나 있었다. 그녀가 빽 소리쳤다. "그래, 걔는 내 은주카야. 너희 중 한 놈이라도 건드렸단 봐.”

침묵이 뒤따랐다. 은조로게는 고마움을 느꼈다. 보아하니 남자애들은 므위하키를 두려워했다. 선생님인 언니에게 므위하키가 이를지도 몰랐기 때문이다.

학교는 낯선 곳이었다. 하지만 매혹적이었다. 그는 크고 허허로운 교회에 마음이 끌렸다. 그곳은 꼭 귀신이 나올 것처럼 보였다. 그는 그곳이 ‘신의 집’임을 알고 있었다. 하지만 어떤 남자애들은 그 안에 있을 때 소리를 질렀다. 이 또한 그에게는 충격적이었다. 어려서부터 묘지나 무화과나무 주위의 덤불 같은 모든 신성한 장소를 존중하라고 배우며 자랐기 때문이었다.

선생님은 하얀 블라우스와 녹색 치마를 입었다. 은조로게는 하얀색과 녹색이 좋았다. 녹색 식물에 핀 하얀 꽃 같았기 때문이다. 우기가 되면 이 고장의 수풀이 푸르러지면서 하얀 꽃이 피어나 온 땅을 뒤덮었다. 특히 은자히콩 철에 더 그랬다. 하지만 은조로게는 선생님이 무서웠다. 이틀 뒤 그녀가 한 남학생을 철썩! 철썩! 때렸을 때부터 그랬다. (“반대쪽 손 내밀어.”) 철썩! 철썩! 철썩! 회초리가 산산이 부서졌다. 은조로게에게도 고통이 느껴지는 것만 같았다. 마치 물리적 접촉 없이도 고통이 그에게 전달되는 것처럼. 벌줄 때의 선생님은 못생겨 보였다. 은조로게는 누가 됐든 매 맞는 모습을 보는 게 싫었기 때문에 그 아이가 불쌍했다. 하지만 녀석은 은주카를 괴롭히지 말았어야 했다. 그날 은조로게는 은주카가 신참에게 주어지는 이름임을 알게 됐다.

은조로게는 대개 혼자 다녔다. 그리고 항상 마을의 다른 소년들보다 일찍 집에 도착했다. 그는 어두워진 후에 집에 오고 싶지 않았다. 하지만 못된 아이들은 집에 일찍 오면 저녁에 집안일 도우라는 소리를 듣게 될까 봐 방과 후에 천천히 걸어왔다. 그리고 집에 도착해서는 이렇게 말했다. "루시아(또는 아이작) 선생님이 안 보내줘서 늦게 왔어."

하지만 때때로 거짓말을 들켰고 그러면 매를 맞았다. 은조로게는 매 맞는 것을 좋아하지 않았다.

그로부터 3주 후에 그는 어머니를 화나게 만들었다. 므위하키 탓이었다. 그녀는 집에 같이 가게 자신을 기다려달라고 그에게 부탁했다. 사실 그들의 집이 서로 가깝긴 했다. 게다가 그녀는 어떤 남자애들이 무섭다고 했다. 은조로게는 기뻤다. 그들은 함께 수다를 떨면서 집으로 향하는 길을 천천히 걸었다. 그리고 마을 근처 언덕 꼭대기에 닿았을 때 거기 앉아서 놀기 시작했다. 여자애와 노는 것은 기분이 좋았다. 특히 그 여자애가 자신보다 지체 높은 집안 출신일 경우엔 더 그랬다. 드물기에 더 귀해 보였다. 그녀는 자그맣고 섬세했다. 므위하키와 누가 돌을 더 멀리 던지나 경쟁하는 사이에 곧 그는 해가 지고 있다는 사실을 잊었다. 어머니가 와서 그들을 본 것이 바로 그때였다. 뇨카비는 아들이 아직 돌아오지 않았는데 해가 천천히 가라앉는 것을 지켜보았다. 그러자 아들이 걱정돼서 불안한 마음으로 그를 찾으러 왔던 것이다. 은조로게는 매를 맞진 않았다. 하지만 어머니가 화가 났음을 너무나 잘 알았다. 그녀는 아들이 부잣집 애와 어울리길 원치 않았다. 그에게 좋지 않을 것이기 때문이었다.

은조로게는 모든 것을 므위하키 탓으로 돌렸다. 그녀를 나쁜 애라고 생각하며 다시는 그 애와 놀지 않겠다고, 그 애를 기다리지도 않겠노라고 다짐했다.

어느 날 그가 집에 와 보니 어머니가 피마자를 까고 있었다. 그녀는 평소에 곧잘 피마자를 까곤 했다. 그러다가 몇 달이 지나 충분한 양이 모이면 시장에 내다 팔았다.

"어머니, 제가 도와드릴게요."

"가서 학교 숙제 먼저 해."

뇨카비는 학교에 다니는 아들을 둔 것이 자랑스러웠다. 그가 허리를 숙이고 석판에 뭔가를 적거나 학교에서 있었던 일을 들려주는 모습을 볼 때마다 영혼이 밝고 행복해졌다. 가서 뭔가를 읽거나 셈하라고 아들한테 시킬 때면 마냥 기뻤다. 언젠가 자신의 아들이 편지를 쓰고, 계산을 하고, 영어를 하는 날이 온다면 그것이야말로 그녀가 어머니로서 얻을 가장 큰 보상이 될 터였다. 그녀는 학교에 다니는 아들딸을 둔 하울랜즈가(家) 안주인의 기분이 어떨지 상상하려고 애썼다. 자신도 똑같이 되고 싶었다. 아니면 줄리애나처럼 되고 싶었다. 자코보의 아내 줄리애나는 교사인 딸과 아마 곧 외국으로 유학 갈 아들을 둬서 자랑스럽다고 분명 느꼈을 게 틀림없었다. 그것은 특별한 일이었다. 진짜 삶이었다. 남자건 여자건 언젠가 "이봐, 나한테는 이 고장의 어느 누구 못지않게 착하고 교육도 많이 받은 아들이 있어"라고 말할 수 있는 사람은 가난하게 죽어도 상관없었다.

이런 사실은 굳이 교육을 받지 않아도 알 수 있었다. 그녀는 어머니가 가진 본능으로, 자신이 처한 사회적 상황과 조건으로 가질 수 있는 것보다 폭넓은 뭔가를 갈망한 동시에 이 사실 또한 간파했다. 그것이 그녀가 남편 응고토에게 아들 하나는 반드시 학교에 보내야 할 필요성을 세뇌한 이유였다. 그녀의 두 아들 중 큰아들은 '큰 전쟁'에서 전사했다. 그때 그녀는 몹시 가슴이 아팠다. 그는 왜 백인들의 전쟁에서 죽어야 했는가? 그녀는 자기 것을 남들을 위해 희생하고 싶지 않았다. 은조로게가 지금부터 백인들이 받는 교육을 다 받을 수 있어도 먼 훗날까지 응고토가 하울 랜즈가를 위해 일하게 될까? 그 아내가 기 센 여자로 유명하기까지 한데 도? 또 그들 가족이 남의 땅, 심지어 그들이 머무는 것을 확실히 싫어하는 사내의 땅에서 계속 아호이*로 살게 될까? 이런 수많은 동기들이 합쳐져서 하나의 욕망, 배울 수 있는 것을 모두 배운 아들을 갖고 싶은 욕망이 되었다. 요즘 그녀는 자신에게 돈이 많다면 결혼한 딸들도 학교에 보낼 텐데 하는 생각까지 했다. 그러면 모두가 최소한 영어로 말할 수 있을 정도의 교육은 받을 것이었기 때문이다.

"어머니, 옛날에 들려주셨던 이야기들 다 다시 얘기해주셔야 돼요." 뇨카비가 은조로게의 제안을 거절했음에도 그는 어머니를 돕기 위해 무릎을 꿇고 앉으며 애원했다.

"으으으으음." 그녀가 손에 쥔 씨앗을 후 불어서 찌꺼기를 떨구며 웅얼거렸다. 그러고는 잠시 동작을 멈추고 미소 지었다.

"요 교활한 녀석. 그래서 도와주겠다고 한 거니, 응?"

"어머니, 꼭 해주셔야 해요." 그가 열성적으로 말했다.

"내가 왜 그래야 하는데?" 그녀가 다시 일을 시작하며 무심히 물었다.

"오늘 선생님이 이야기를 하나 해보라고 시키셨어요. 어머니가 들려주셨던 이리무** 이야기가 생각났죠. 하지만 교실 앞에 서서 모든 눈이 저만 쳐다보니까 덜컥 겁이 나더라고요." 그가 잠시 멈췄다가 다시 말했다. "그래서 이야기를 잊어버린 거예요." 그는 정말 드물게 일어나는 일이라는 듯이, 연기하는 것처럼 비극적인 말투로 끝맺었다.

* '무호이'의 복수형. 소작인들.
** 키쿠유족의 전설에 나오는 괴물.

"남자는 절대 겁을 내면 안 돼. 머리를 긁으면서 다른 얘기를 생각해 냈어야지. 너 아는 얘기 많잖니. 아니면 네 큰어머니랑 내가 우리 부족에 얽힌 그 모든 얘기를 들려줬던 게 시간 낭비였던 거니?"

"그런데요, 어머니, 정말 다 잊어버렸어요." 그가 어찌나 열심히 애원 하던지 뇨카비는 웃지 않을 수 없었다. 은조로게는 어떤 것들에 관해선 아주 진지해지는 경향이 있었다. 하지만 지금은 그도 웃고 있었다. 그는 어머니의 웃는 모습을 아주 좋아했다. 그녀는 마치 세월이 비껴간 듯이 진한 우윳빛 치아를 갖고 있었다.

"니 웨가, 알았어. 저녁에 몇 개 들려줄게⋯⋯. 아, 깜박했네. 네 어머니 가 너한테, 빨리 가서 네 형을 데려오라고 하시더라. 자, 지금 당장 가봐."

그러자 그는 오두막 안으로 들어가서 석판을 던져놓고 다시 서둘러 나왔다.

"은조로게! 은조로게!"

그가 돌아왔다.

"학교 옷은 안 벗니?"

그는 부끄러웠다. 잊어버리지 말았어야 했다. 그는 다시 오두막 안으 로 들어가서 학교 갈 때 입는 옷을 벗었다. 그리고 낡은 무명천 조각을 걸쳤다. 그것도 약속의 일부였다. 옷을 가능한 한 오랫동안 새것처럼 보 존할 필요가 있었기 때문이다.

그가 지금 가는 길은 므위하키네 집 바로 밑을 지났다. 그 집에 속한 여러 건물들은 주위를 둥그렇게 둘러싸고 있는 높다란 전나무 산울타리 에 가려져 있었다. 울타리에 난 한두 군데의 틈새로 멋있는 건물의 주름 진 철판지붕과 나무 벽이 보였다. 은조로게는 그곳 마당에 여러 번 가본 적이 있었다. 자코보의 밭에서 제충국***꽃을 딴 품삯을 받으러 다른 아이들과 함께 갔을 때였다. 그곳은 마치 유럽인의 집처럼 보였다. 은조로 게는 마당을 포함한 그 집 전체의 분위기에 항상 압도되곤 했다. 본채에 는 한 번도 들어가본 적이 없었기 때문에 내부는 어떻게 생겼을지 늘 궁 금해서 알고 싶었다.

　하지만 부엌에는 한 번 들어가본 적이 있었다. 부엌은 본채와는 별도 의 건물로, 열이 잘 빠져나가도록 흙벽에 이엉지붕을 얹은 둥그런 오두 막이었다. 그곳은 하인들이 자는 곳이기도 했다. 그가 부엌에 들어갔던 날은 크리스마스였다. 평소에 자코보를 위해 일하는 아이들 여럿을 줄리 애나가 파티에 초대했던 것이다. 줄리애나는 아름다운 둥근 얼굴과 거만 한 눈을 가진 뚱뚱한 여자였다. 하지만 아이들에게는 친절했기에 그날을 위해서 빵을 잔뜩 사두었다. 옆에 있는 쟁반 위에서 뾰족한 하얀 언덕처 럼 희미하게 빛나고 있는 빵이 어찌나 맛있어 보였던지! 은조로게의 입 안에는 침이 흥건했지만 삼킬 때 목구멍에서 큰 소리가 날까 봐, 그래서 여주인과 그 집 아이들에게 들킬까 봐 무서워서 고생스럽게 침을 삼켰 다. 하지만 그날 있었던 일들 중 비극적인 부분은 식전 기도를 위해 모두 눈을 감으라고 했을 때 찾아왔다. 기도 중에 한 아이가 웃긴 소리를 내자 곧바로 은조로게가 킥킥 웃기 시작했던 것이다. 그가 웃기 시작하자마자 또 한 명이 더 큰 소리로 웃으며 가세했고, 결국 그 둘이 대놓고 박장대 소를 터뜨리는 바람에 긴 기도가 짧게 끝나고 말았다. 아이들은 배가 고 팠다. 하지만 화가 난 줄리애나는 은조로게와 거기 모인 모든 아이들에 게 기나긴 설교를 늘어놓았다. 못된 짓을 한 그들(운 없는 둘)이 자기 자식 이었다면 이틀 동안 굶겼을 거라고 분명하게 말했다. 하지만 그녀의 자

*** 살충제의 원료로 쓰이는 국화과 식물.

식들은 우스타아라부, 즉 좋은 매너의 규칙을 중시하도록 키웠으므로 절대 그런 짓을 하지 않았을 것이었다. 그리고 그녀는 자기가 자식들을 키운 방식으로 모든 아이들을 길러야 한다는 것이 오랜 생각 끝에 나온 의견이라고 말하며 연설을 끝맺었다. 하지만 다른 사람들은 절대 그렇게 하지 않기 때문에 그녀는 자기 자식들이 미개한 집 애들과 어울리는 것을 좋아하지 않았다. 은조로게는 자기 집의 가정교육 방식이 비난당하고 있음을 느꼈다. 그가 므위하키를 존경하게 된 것이 바로 그날이었다. 이 설교 후에 그의 상처받은 감정을 달래주기 위해서였는지, 그녀가 전보다 훨씬 많은 관심을 그에게 기울였기 때문이다. 이게 벌써 꽤 오래전 일이었다.

은조로게는 길을 나선 지 얼마 되지 않아 므위하키가 같은 길의 반대 방향에서 오고 있는 것을 보았다. 이대로 계속 간다면 그녀와 만나게 될 터였다. 그는 불현듯 자신이 그 무명천 조각을 걸치고 있는 동안은 그녀를 만나고 싶지 않다는 사실을 깨달았다. 무명천이 바람에 날리면 그의 하반신이 여지없이 드러났기 때문이다. 잠시 갈등하던 그는 자기가 입고 있는 옷에 대해 그런 감정을 느끼는 자신이 싫어졌다. 학교에 다니기 전에는, 사실 어머니와 문제의 약속을 하는 동안에조차도, 태어났을 때부터 입어온 유일한 옷인 무명천을 자신이 부끄러워하게 될 줄은 몰랐다.

그는 왼쪽으로 돌아 다른 길을 따라갔다. 그의 주위는 온통 자코보 소유의 경사진 제충국밭이었다. 그 밑은 숲이었다. 그보다 더 밑에는 인도인 가게들과 아프리카인 가게들이 있었다. 하지만 여기서는 지붕 몇 개만 보였다. 하울랜즈 씨 소유의 땅은 오른쪽으로 보이는, 더 작고 좁은 산등성이들 중 하나 근처에 있었다. 거기가 은조로게의 아버지 응고토가 일하는 곳이었다. 은조로게는 학교에 갈 때 늘 그 근처를 지나갔다.

그는 제충국밭을 벗어나 다시 한 번 방향을 꺾어서 아까 빠져나왔던 길을 가로지른 뒤에 그다음 밭으로 들어갔다. 그러자 응강가의 집이 눈에 들어왔다. 응강가는 마을의 목수였다. 카마우가 그의 도제로 일하고 있었다. 그러기 위해 응고토는 크고 살찐 숫염소에다 150실링까지 얹어 줘야 했다. 응강가는 부자였다. 그는 땅이 있었다. 땅을 가진 사람은 누구든 부자로 간주되었다. 어떤 사람한테 돈과 자동차가 아무리 많아도 땅이 없으면 절대 부자로 쳐주지 않았다. 누더기를 입고 다녀도 적색토 땅을 1에이커 이상 가지고 있는 사람은 그냥 돈만 많은 사람보다 잘살았다. 응강가는 응고토보다 나이가 어린데도 세 아내를 먹여 살릴 수 있었다. 그는 첫 번째 전쟁에도, 두 번째 전쟁에도 나가지 않았다. 사람들은 그가 좀 거칠고 정직하지 않긴 해도 영리하다고들 했다. 마을의 모든 주민들이 대도나 단도나 괭이의 손잡이를 고쳐달라고 그에게 가져갔다. 그는 부서진 울타리도 고쳤고, 각종 탁자나 침대도 만들었다. 그리고 이야기를 잘했다. 남자가 이야기를 잘하는 것은 장점으로 생각됐다.

응강가네 집 마당에 채 다다르기도 전에 은조로게는 형이 이쪽으로 오고 있는 것을 보았다. 카마우는 방금 일을 마친 참이었다. 은조로게는 형을 보자 기뻤다. 나이 차가 좀 나는데도 불구하고 두 사람이 몹시 가까웠기 때문이다.

"집에 가자, 동생아." 카마우가 은조로게의 손을 끌어당기며 말했다. 그는 우울해 보였다.

"오늘은 늦었네."

"그 인간 때문에 그래!"

은조로게는 뭔가 이상하다고 생각했다. 형이 그렇게 화를 내는 것은 흔치 않은 일이었다.

"응강가는 좋은 사람 아니었어?"

"좋은 사람? 내가 관두면 응강가한테 그렇게 많은 돈을 준 아버지가 화내시리라는 사실만 몰랐어도 여기 오는 걸 그만뒀을 거야. 여기서 일한 지가 여섯 달이나 됐는데 어제서야 처음으로 대패를 만지게 해줬어. 맨날 나한테 '여기 잡아! 저기 잡아!' 이러면서 맨날 잘 보고 기억해두래. 연습은 안 하고 보기만 해가지고 어떻게 배우겠냐? 마당을 쓸거나 쓰레기를 버리거나 연장을 가져다주는 것으로는 더더욱 말할 것도 없지. 하지만 내가 뭘 만지기라도 했다간! 심지어는 말이야……." 카마우가 역겹다는 듯이 덧붙였다. "그의 셋째 부인이 나한테 자기 애를 안고 있게 한다니까? 마치 자기는 유럽 여자고 나는 아야*라는 듯이. 오, 맙소사! 그 더럽고 조그만 게 빽빽 울어대는데……!"

"아버지한테는 왜 말씀 안 드리는데?"

"네가 몰라서 하는 말이야. 아버지는 틀림없이 응강가 편을 드실 거라고. 특히 잘 보고 배우라는 거에 대해서는. 옛날에는 기술을 그렇게 배웠거든. 그들은 세상이 변하고 있다는 걸 몰라!"

어둠의 전주곡인 짙어가는 땅거미 속에서 집을 향해 걸어가는 동안 그들은 잠시 말이 없었다. 그러다 은조로게가 불현듯 굉장한 질문을 생각해내기라도 한 것처럼 물었다. "그런데 그 사람은 왜 형을 그렇게 대하는 거야? 그 사람도 흑인이잖아?"

"피부가 검다고 다 좋은 사람은 아니야." 카마우가 씁쓸하게 말했다. "흑인이든 백인이든, 남들이 자기를 넘어서는 걸 원치 않는 사람들이 있어. 그들은 지식을 가진 유일한 사람이 되고 싶어서 자기만큼 알지 못하

---

* 보모.

는 사람들에게 지식을 조금씩 쪼개서 나누어 주지. 이 목수라는 인간들과 특정한 종류의 지식을 가진 사람들의 잘못된 점이 바로 그거야. 부자들도 마찬가지야. 부를 가진 유일한 사람이 되고 싶어서 남들이 부자가 되는 걸 원치 않는다니까."

"그럴 수도 있겠네." 깊이 감명받은 은조로게가 말했다. 그는 카마우가 그처럼 길게 많은 말을 하는 것을 한 번도 본 적이 없었다.

"……어떤 유럽인들은 아프리카인보다 나아."

은조로게는 또 한 번 놀랐다.

"그래서 가끔씩 아버지가 차라리 백인을 위해 일하는 게 낫겠다고 하시는 거야. 백인은 백인일 뿐이야. 하지만 백인이 되려고 하는 흑인은 고약하고 잔인하지."

카마우의 말을 전부 이해할 순 없었지만 은조로게는 형이 불쌍했다. 그리고 자기는 절대 목수가 되지 않겠노라고 속으로 맹세했다. 좋은 것은 교육뿐이었다. 그는 화제를 바꾸려 했다.

"어머니가 이야기를 들려주실 거야."

"아, 그래?"

그들은 둘 다 이야기를 좋아했다. 이야기 들려주기는 그들 가족 공통의 오락거리였다. 코리는 응고토처럼 훌륭한 이야기꾼이라 모든 청중을 계속 집중하고 웃게 만들 수 있었다. 전쟁에 나갔던 보로는 부족에 전해 내려오는 이야기는 많이 알지 못했다. 그는 술을 많이 마셨으며 항상 우울하고 내성적이었다. 자신의 전쟁 경험에 대해 많은 이야기를 하는 법은 없었지만 술에 취했을 때나 정부와 백인 정착민들에게 화가 났을 때만은 예외였다.

"우리는 놈들을 위해 싸웠어. 놈들의 백인 형제들의 손아귀에서 구해주기 위해 싸웠다고…….”

그럴 때는 실제 전투에 대해 아주 조금 얘기하곤 했다. 하지만 므왕기의 죽음에 대해서는 넌지시 언급하는 일조차 거의 없었다. 그 둘이 서로를 많이 사랑한 것은 널리 알려진 사실이었다. 전쟁 전에 사람들은 형제간의 그런 사랑은 부자연스럽고 좋을 것이 없다고들 항상 말했었다.

보로와 코리와 카마우는 모두 응고토의 첫째 아내 은제리의 아들들이었다. 은조로게의 유일한 친형제는 전쟁에 나가서 죽은 므왕기뿐이었다. 하지만 그들은 모두가 한배에서 나온 것처럼 굴었다. 코리는 그린 호텔이라는, 아프리카인의 찻집에서 일했다. 그린 호텔은 왱왱거리는 파리로 가득하고, 썩은 내가 무거운 구름처럼 공중에 떠 있는 더러운 곳이었다. 하지만 라디오가 있어서 굉장히 인기가 많았다. 은조로게는 코리가 집에 오길 고대했다. 왜냐하면 그가 집에 올 때마다 읍내의 풍문과 세상 돌아가는 소식을 가져왔기 때문이다. 예를 들어 조모*가 영국에서 왔을 때 그 소식을 집에 가져온 사람 역시 코리였다. 모든 형제와 마을의 여러 처녀 총각이 저녁에 와서 벽난로 주위에 커다란 원 모양으로 둘러앉아 잡담을 하고 웃고 놀 때면 집은 특별히 멋진 곳이 되었다. 은조로게는 늘 어른이 될 날을 손꼽아 기다렸다. 그때가 되면 자기도 할례를 한 처녀들 옆에 앉아서, 청년들이 하는 것처럼 그들을 마음껏 만질 수 있기 때문이었다. 하지만 때로 형들이 집에 오지 않을 때면 집은 따분한 곳이 되었다. 하지만 어머니들은 이야기를 잘했다. 그리고 응고토도 그럴 기분이 들 때는 이야기를 잘했다.

“큰어머니가 형더러 오라셔.” 그들이 집에 도착했을 때 은조로게가 말

---

* 조모 케냐타(1894~1978). 케냐 초대 대통령.

했다. 날은 이미 완전히 저물어 있었다. 은제리가 늘 '우리 어머니' 또는 '큰어머니'였던 반면에, 둘째 부인인 뇨카비는 항상 그냥 '어머니'였다. 그것은 가족 모두가 받아들여서 지키고 있는 습관이었다.

"왜 부르시는데?"

"나도 몰라."

카마우가 움직이기 시작했다. 은조로게는 말없이 서서 바라보다가 목소리를 높여서 이렇게 말했다. "우리 오두막으로 오는 거 잊지 마. 이야기 하기로 한 거 알지?"

"그래." 카마우가 대답했다. 그의 목소리는 어둠 속에서 희미하게 들렸다.

나중에 카마우가 뇨카비의 오두막으로 왔다.

"이야기 해주세요."

"자, 자, 보채지 말고." 뇨카비가 말했다.

"이 여자 못쓰겠구먼, 이거. 내가 우리 아버지였으면 이 여자랑 결혼하지 않았을 거야." 카마우는 뇨카비를 놀리기 좋아했다. 하지만 오늘 밤 그의 농담은 억지스럽게 들렸다. 아무도 웃지 않았다.

"어머! 하지만 네 아버지는 내 매력에 꼼짝 못하셨단다."

"그건 사실이 아니야." 그때 막 오두막으로 들어오던 응고토가 말했다. "내가 청혼했을 때 뇨카비가 얼마나 기뻐했는지 네가 봤어야 돼. 저런 여자는 아무도 데려가지 못했을 거다. 그래서 내가 불쌍히 여겼던 거지."

"나 좋다는 남자들을 다 거절했던 거야. 하지만 네 아버지는 나한테 거절당했으면 죽었을 거다."

"저 여자가 하는 말은 한마디도 믿으면 안 돼!"

뇨카비가 응고토에게 음식을 내왔다. 그가 먹기 시작한 뒤부터 한동안 어색한 침묵이 흘렀다. 자식들은 아버지 앞에서는 농담을 할 수 없었다.

침묵을 깨뜨린 건 은조로게였다.

"이야기 해주세요. 약속하셨잖아요."

"요 녀석들! 아버지한테는 절대 이야기 해달라고 하는 법이 없구나. 오늘 밤은 아버지가 해주실 거야." 그녀가 남편을 향해 미소 지으며 말했다. 그녀는 행복했다.

"너희가 내 팅기라*로 오면 한두 개 들려주마."

은조로게는 아버지를 무서워했다. 하지만 아버지의 이야기를 듣는 것은 언제나 기분이 좋았다.

"……바람과 비가 있었다. 천둥과 끔찍한 번개도 있었지. 케리냐가 주위의 땅과 숲이 흔들렸다. 최근에 창조주가 그곳에 데려다 놓은 숲의 동물들은 겁을 먹었다. 햇빛은 찾아 볼 수 없었어. 이런 날이 며칠째 계속되자 온 세상은 어둠에 휩싸였지. 동물들은 옴짝달싹 못하고 가만히 앉아 바람 소리와 함께 신음할 뿐이었어. 풀과 나무들은 말이 없었고. 어른들 말씀에 따르면, 생명을 옥죄는 듯한 폭력인 천둥 외에는 모든 것이 죽었다고 해. 그것은 깊이를 알 수 없는 이런 어두운 밤이었어. 태양이 꿰뚫는 것을 허락하지 않는 밤의 완전한 암흑은 너도 그리고 나도 가늠할 수가 없지.

하지만 이런 어둠 속에서, 케리냐가 기슭에 나무 한 그루가 자라났다. 처음에는 작은 나무였지만 어둠 속에서도 어찌어찌하여 무럭무럭 자라났지. 나무는 빛에, 그리고 태양에 닿고 싶어 했다. 이 나무는 **생명력**을 갖고 있었어. 위로, 위로 자라나면서 꽃피는 나무의 풍부한 온기를 널리

* 사랑채.

퍼뜨렸지. 너희도 천둥과 신음의 어두운 밤 속에서 자라난 성스러운 나무 알지? 그게 신의 나무 무쿠유였다. 자, 너희도 알다시피, 태초에는 오직 한 남자(키쿠유)와 한 여자(뭄비)밖에 없었어. 신은 바로 이 무쿠유 밑에 처음 그들을 내려놓았다. 그 즉시 태양이 떠올랐고, 어두운 밤은 녹 듯이 사라졌지. 태양은 모든 것에 생명력과 활기를 주는 온기를 내뿜으며 빛났다. 바람과 번개와 천둥이 멈췄고, 동물들은 더 이상 당황하지 않고 움직이기 시작했어. 신음하는 대신 창조주와 키쿠유와 뭄비에게 경의를 표했지. **무룽구**라고도 불리는 창조주는 키쿠유와 뭄비를 자신의 신성한 산에서 집어 들었어. 그리고 시리아나 근처의, 산이 많은 지역으로 데려가 큰 산마루에 세워두었다가 마지막으로 너희가 정말 많이 들어봤을 무쿠루웨 와 가탕가로 데려갔지. 하지만 그 전에 그들에게 모든 땅을 보여줬어. 그래, 얘들아. 신은 키쿠유와 뭄비에게 모든 땅을 보여주며 이렇게 말했단다.

'내 이 땅을 너희에게 넘겨주노라. 오, 남자와 여자여

너희가 마침내 평온 속에서, 나의 성스러운 나무 아래서

너희의 신인 나에게만 제물을 바칠 때까지, 너희가 그곳을 다스려야 하노라…….'"

응고토의 눈빛은 어딘가 이상했다. 마치 그 자리에 있는 사람들을 깡그리 잊은 것만 같았다. 그곳에는 카마우, 은조로게, 보로, 코리, 그리고 이야기를 들으면서 기나긴 밤 시간을 빨리 가게 하려고 찾아온 처녀 총각이 많이 있었다. 그는 흡사 비밀을 처음으로, 하지만 혼잣말로 누설하고 있는 사람 같았다. 보로는 구석에 앉아 있었다. 그의 표정은 보이지 않았다. 그는 꿈쩍도 않은 채 초점 없는 눈으로 아버지 쪽을 계속 응시하

고 있었다. 마치 지금껏 이야기한 모든 일이 시작됐을 때부터 보로와 응고토만 그곳에 있었던 것만 같았다. 은조로게도 그 장면을 상상할 수 있었다. 그는 어두운 밤에 태양이 떠올라서 빛나는 것을 보았다. 창조자에 대한 생물들의 두려움, 우울, 공포가 신성한 나무의 따뜻함에 감화되어 눈 녹듯 사라지는 것을 보았다. 그것은 새로운 세상이었음에 분명했다. 남자와 여자는 신의 축복으로 **무룽구**의 새로운 '왕국'을 걸었음에 틀림없었다. 은조로게는 자기도 신의 성스러운 장소에서 신 가까이에 서서 모든 땅을 살필 수 있었다면 좋았을 텐데 하고 생각했다. 그가 참지 못하고 외쳤다.

"땅은 어디로 갔어요?"

모두가 그를 쳐다보았다.

"……나는 이제 늙었어. 하지만 나도 자나 깨나 그 질문을 해왔다. 이렇게 말했지. '오, **무룽구**여, 당신께서 저희에게 주신 땅은 어떻게 됐습니까? 오, 창조주여, 저희의 약속의 땅은 어디로 갔습니까?' 때로는 우리를 조상의 땅에서 쫓아낸 저주를 풀기 위해, 울거나 내 몸을 해치고 싶기도 했지. 나는 묻는다. '오, **무룽구**여, 당신의 자식들을 벌거숭이인 채로 내버리신 겁니까?'

내가 말해주마. '위대한 분'의 자식들의 번영을 질투했음이 분명한 사악한 자들이 이 땅으로 큰 가뭄을 보냈다. 하지만 어쩌면 뭄비의 자식들 또한 **무룽구**에게 번제 올리는 것을 잊었는지도 모르지. 그래서 **무룽구**는 곡식을 자라게 하는 축복받은 눈물을 흘리지 않은 거고. 태양은 마음껏 타올랐다. 돌림병이 찾아왔다. 소들은 죽었고 사람들은 쪼그라들었지. 그리고 옛 키쿠유족 예언자인 무고 와 키비로가 오래전에 예언한 대로 백인들이 왔다. 그들은 여기에서 멀리 떨어진, 산이 많은 고장에서 온 자들이었다. 무고는 사람들에게 백인들이 올 거라는 얘기를 했었어. 부족에게 경고했지. 그리고 백인들이 와서 땅을 차지했다. 하지만 처음에 전부 뺏어 간 것은 아니었어.

그리고 선생이 일어났다. 첫 번째 큰 전쟁이었지. 그때 나는 할례는 받았지만 아직 어린애에 불과했다. 우리 모두 억지로 끌려갔어. 그래서 전쟁 중인 백인들이 더 빨리 이동할 수 있도록 길을 만들고 숲을 없앴지. 전쟁이 끝났다. 다들 지쳐 있었어. 녹초가 되어 집에 돌아왔지만 뭐가 됐든, 영국인들이 우리에게 줄 보상을 받을 준비가 되어 있었지. 하지만 그 이상으로, 자신의 땅으로 돌아가서 그것을 달래어 곡식을 키우고, 파괴하는 것이 아니라 만들어내길 원했다. 하지만 응오! 땅은 사라지고 없었어. 아버지를 비롯한 많은 이들이 조상의 땅에서 쫓겨났지. 아버지는 백인들이 떠나기를 기다리는 불쌍한 사내로 쓸쓸히 돌아가셨어. 무고는 이렇게 될 거라고 말했었다. 결국 백인들은 떠나지 않았고 아버지는 바로 이 땅에서 무호이로 돌아가셨어. 그때는 차히라의 소유였다가 나중에 자코보에게 팔렸지. 나는 여기서 자랐지만…… (여기서 응고토는 말 없는 얼굴들을 한 바퀴 둘러보곤 다시 말을 잇는다) ……우리 조상들 소유였던 땅에서 일하고 있지.”

“하울랜즈가 농사짓는 땅 말씀이세요?” 보로의 목소리는 갈라졌지만 또렷했다.

“그래. 같은 땅이다. 아버지가 내게 보여주셨어. 나도 예언이 이루어지길 기다리며 거기에서도 일했지.”

“그게 언젠가는 이루어질 거라고 생각하세요?” 응고토의 대답 뒤에 이어진 침묵을 깨고 이렇게 물은 것은 코리였다.

"나도 모른다. 예전에 언덕과 산마루가 사자들처럼 함께 누워 있던 산지에서 한 사내가 나타났었다. 사람들은 그가 백인들을 쫓아내기 위해 보내진 사람이라고 생각했지. 하지만 그는 사람들에게 뭉쳐야 한다고 말하다가 사악한 자들에게 살해당했어. 나는 예언을 기다려왔다. 내 생전엔 이루어지지 않을지도 모르지만…… 오, **무룽구**여, 부디 이루어지면 좋을 텐데."

누군가가 기침을 했다. 그리고 침묵이 흘렀다. 구석에서 한 젊은이가 백인들이 처음 왔을 때 사람들이 그들의 피부를 어떻게 생각했는지에 관한 농담을 하려고 했다. 하지만 아무도 귀 기울이지 않았다. 그는 혼자 웃다 말았다. 하울랜즈 씨가 가진 땅이 원래 그들의 것이었다는 사실은 은조로게에게 놀라운 발견이었다.

보로는 전쟁에서 싸운 대가로 땅만 몰수당한 아버지에 대해 생각했다. 그 자신도 전쟁에 나가서 히틀러와 싸웠다. 그는 이집트, 예루살렘, 미얀마에 갔었고 거기서 여러 가지 일을 목격했다. 구사일생으로 살아남은 적도 많았다. 하지만 그가 잊을 수 없었던 것은 이복형제 므왕기의 죽음이었다. 그는 누구를 위해, 무엇을 위해 죽은 것인가?

전쟁이 끝나 집으로 돌아왔을 때 보로는 더 이상 소년이 아닌, 경험과 생각이 많은 남자가 되어 있었지만 결국 알게 된 것은 일자리가 없다는 사실뿐이었다. 정착하려도 정착할 땅이 없었다. 아버지의 이야기를 듣는 동안 이 모든 것들이 점점 커져가는 분노로 그의 마음속에 자리 잡았다. 이 사람들은 어떻게 아무런 행동도 하지 않은 채 백인들이 땅을 차지하도록 놔둘 수 있었던 걸까? 게다가 예언에 대한 이 미신적인 믿음은 다 뭐란 말인가?

그가 고함치듯 큰 소리로 중얼거렸다. "예언 따위가 도대체 뭐라고."

그렇다. 그것은 중얼거림에 지나지 않았다. 그가 아버지에게 말했다. "아버지는 어떻게 자기 땅을 빼앗아 간 사람을 위해 계속 일하실 수가 있죠? 어떻게 그자를 계속 섬길 수가 있어요?"

그러곤 대답도 기다리지 않고 나가버렸다.

3장

응고토는 일찍 집을 나섰다. 오늘은 평소 습관과 달리 밭을 가로지르지 않았다. 응고토는 만물이 푸르고, 작물에 꽃이 피고, 나뭇잎에 아침 이슬이 달려 있는 우기를 좋아했다. 하지만 예전에 그가 헤치고 지나갔던 자리에 물길이 생긴 흔적을 보면 자신의 잘못으로 인해 뭔가를 잃은 듯한 느낌이 들었다. 한번은 이슬을 만지고 싶은, 또는 한 개를 쪼개서 그 안에 뭐가 숨어 있는지 보고 싶은 욕구를 느꼈던 적이 있었다. 그는 아이처럼 떨며 손을 뻗었지만 이슬이 그의 손에 닿자마자 형태를 잃고 사라져서 축축함만 남은 뒤에는 수치심을 느끼며 다시 발걸음을 옮겼다. 사위가 고요한 가운데 홀로 이 밭들을 가로지를 때면 때때로 별다른 이유 없이 **무룽구**에게 감사하곤 했다. 그 고요함은 거의 죽음의 고요함에 가까웠다.

오늘 아침에는 길을 따라 걸었다. 타르로 포장된 이 큰길은 길고 넓고 도시를 통과한다는 사실만 알려져 있을 뿐 시작도 끝도 없었다. 자동차들이 그의 옆을 지나갔다. 일부는 정착민 거주 지역으로, 일부는 신발 공장으로 일하러 가는 남녀들이 도란거리며 걷고 있었다. 하지만 응고토는 주위에서 일어나는 일들을 전혀 의식하지 못했다. 그는 왜 그 많은 아이들 앞에서 그렇게 행동했던 걸까? 어젯밤 보로의 목소리는 그의 가슴 깊이, 외로운 기다림의 세월 속으로 파고들었다. 어쩌면 응고토와 그의 동료들은 너무 오랫동안 기다리기만 했고, 그래서 이제는 그것이 무기력 내지는, 심지어 배신의 핑계로 여겨질까 봐 두려워하는 것인지도 몰랐다.

인도인 상점가에 다다랐다. 예전에는 그도 여기서 일했었다. '두 번째 전쟁'이 일어나기 한참 전의 일이었다. 그가 일했던 가게 사장은 늘 월급을 한 달씩 늦게 줬다. 고의였다. 그는 그것을 응고토가 영원히 인도인 가게에서 일하게 만들 강력한 방법이라고 여겼다. 떠난다는 것은 한 달치 월급을 포기함을 의미했기 때문이다. 결국 그는 포기할 수밖에 없었다. 하울랜즈 씨를 위해 일하러 갔을 때였다. 농장 일꾼이었지만 처음에는 차밭에서 일하기부터 큰 집 청소하기와 장작 나르기에 이르는 온갖 일을 다 했다. 그는 이발소 근처의 아프리카인 가게들을 지나 계속 걸어서, 두 번째 '큰 전쟁'이 그의 두 아들을 데려가서 한 명은 죽이고 한 명은 다른 사람으로 바꿔놓기도 전부터 벌써 수년째 일해온 똑같은 곳으로 향했다.

하울랜즈 씨는 깨어 있었다. 그는 잠을 많이 자는 법이 없었다. 때로는 10시까지도 침대에 누워 있는 멤사히브와는 달랐다. 그녀는 달리 할 일이 별로 없었다. 하울랜즈가에는 응고토가 결코 이해할 수 없는, 아주 작은 수수께끼 같은 뭔가가 있었다.

"좋은 아침일세, 응고토."

"좋은 아침입니다, 브와나."

"잘 잤나?"

"은디오 브와나."

응고토는 하울랜즈 씨가 이런 식으로 인사하는 유일한 사람이었다. 그 방식은 절대 바뀌는 법이 없었다. 그는 뭔가 큰일에 정신이 팔린 듯한, 평소의 모호한 태도로 말했다. 뭔지 몰라도 좌우간 그의 주의를 온통 잡아끄는 것임에 분명했다. 그의 생각은 늘 샴바*를 향해 있었다. 그의 목숨과 영혼은 샴바에 있었다. 다른 모든 것은 샴바와 상관되는 한에서만 중요했다. 아내조차도 그가 집에 대한 걱정 없이 거기서 더 능률적으로 일할 수 있게 해주는 한에서만 중요했다. 살림을 전적으로 그녀에게 맡겨서 집에서 무슨 일이 일어나는지 전혀 몰랐기 때문이다. 그가 집에서 일할 누군가를 고용한다면 그것은 오직 아내가 '일꾼'이 한 명 더 필요하다고 부탁했기 때문이었다. 그녀가 나중에 그 '일꾼'을 때리고 해고하길 원한다면, 뭐, 아무렇든 어떤가? 단순히 그 일꾼들의 피부가 검기 때문은 아니었다. 다만 하인들에 대해 더 알고 싶다는 생각이 한 번도 떠오르지 않았을 뿐이다.

해고하려는 아내의 노력을 그가 유일하게 저지한 사내가 바로 응고토였다. 그에게 느끼는 감정을 하울랜즈 씨 스스로 분석해보았기 때문은 아니었다. 그저 응고토가 농장에서 일하는 모습을 보는 게 좋았을 뿐이다. 노인이 흙을 어루만지는, 거의 애무에 가까운 손길과 마치 자기 것인 양 어린 차나무를 돌보는 방식이…… 응고토는 농장과 떼려야 뗄 수 없을 정도로 그 일부가 되어 있었다. 또 한 가지. 그는 농장 일꾼들을 누

* 소규모 농지.

구보다도 잘 관리할 수 있었다. 응고토가 처음 하울랜즈 씨에게 왔을 때 그는 자금 부족으로 고생하고 있었다. 하지만 응고토가 온 뒤부터 전반적인 상황과 재정이 나아졌다. 하울랜즈 씨는 키가 크고 체격이 우람하고, 겹턱으로 끝나는 계란형 얼굴과 볼록한 배를 가진 사람이었다. 적어도 외모상으로는 전형적인 케냐 정작민이었다. 그는 1차 세계대진의 산물이었다. 고향에서 안전하게만 살아오다가 갑자기 징집영장을 받고는 전쟁을 영광으로 생각하는 젊은 혈기로 참전했다. 하지만 유혈과 끔찍한 파괴로 얼룩진 4년 후, 다른 많은 젊은이들처럼 '평화'에 완전히 환멸을 느끼게 되었다. 그는 벗어나야 했다. 동아프리카는 좋은 곳이었다. 여기에는 정복해야 할 널찍한 황무지가 남아 있었다.

그 후로 오랫동안 그에게 영국은 먼 나라로 남아 있었다. 그는 자신이 기억하는 것 때문에, 돌아가길 원치 않았다. 하지만 곧 자신이 아내를 원한다는 사실을 알게 되었다. 그는 어떤 이들처럼 원주민과 어울리지는 못했다. 그래서 이방인으로서 '고국'에 돌아가서는 자기가 얻을 수 있는 첫 번째 여자를 아내로 골랐다. 수재너는 예쁘지도 못생기지도 않은, 좋은 여자였다. 그녀도 영국에서의 삶에 권태를 느끼고 있었다. 하지만 그녀는 단 한 번도 자기가 뭘 하고 싶은지 알았던 적이 없었다. 아프리카는 괜찮은 곳처럼 들렸고, 그래서 그녀는 자신에게 변화를 가져다줄 이 남자를 기꺼이 따라왔다. 하지만 아프리카가 유럽과의 완전한 단절과 고생을 의미한다는 사실은 알지 못했다. 그녀는 또다시 권태로워졌다. 하울랜즈 씨는 아내의 권태를 눈치채지 못했다. 그는 그녀가 영국에서 했던 말, 오지에서의 삶을 감당할 수 있다는 말을 믿었다.

하지만 그녀는 곧 여자만의 위안을 찾게 되었다. 첫아이를, 아들을 낳았던 것이다. 그녀는 아이와 하인들에게 관심을 돌렸다. 이제는 아이와 놀고 이야기하며 하루를 보낼 수 있었다. 그녀는 하인들을 야단치거나 때리는 데서 달콤한 즐거움을 찾았다. 아들 피터 다음으로는 딸이 태어났다. 한동안은 이 셋―어머니, 딸, 아들―이 가정을 이루었고 아버지는 저녁에만 나타났다. 집이 나이로비에서 가까워서 다행이었다. 아이들이 그곳의 학교에 다닐 수 있었기 때문이다. 그녀는 두 아이가 서로 사랑하며 함께 자라는 것을 보는 데서 자부심을 느꼈다. 그들도 나름의 방식으로 어머니를 사랑했다. 하지만 피터는 곧 아버지를 따르기 시작했다. 하울랜즈 씨도 아들을 좋아하게 되면서 둘은 함께 밭을 걷곤 했다. 하울랜즈 씨가 애정 표현이 많은 사람이었던 것은 아니다. 하지만 이제 삼바를 맡길 수 있는 사람이 생겼다는 생각에 마음이 밝아졌다. 그는 매일매일 점점 가정적인 사람이 되어갔고, 세월이 흐르면서 자신이 떠나온 그 영국과도 화해하는 것처럼 보였다. 그는 두 아이를 영국으로 유학 보냈다. 그러자 유럽 문명이 다시 그의 발목을 잡았다. 그의 아들이 징집됐던 것이다.

하울랜즈 씨는 모든 믿음을, 돌아오기 시작했던 실낱 같은 믿음마저 잃었다. 또다시 스스로를 파괴할 수도 있었지만 이번에도 그의 신, 즉 땅이 그를 구했다. 그는 모든 노력과 기운을 땅에 쏟았다. 마치 땅을 숭배하는 것만 같았다. 때로는 며칠 동안 차 몇 잔만 마시며 버티기도 했다. 자신의 일평생을 다 바친 땅에 대해 생각하고 계획하는 데서만 유일하게 기쁨을 느꼈다. 수재너는 홀로 남겨졌다. 그녀는 하인들을 차례로 때리고 해고했다. 하지만 신은 그녀에게 다정했다. 또다시 아들 스티븐이 태어났던 것이다. 스티븐은 이제 그녀의 유일한 자식이었다. 딸은 피터가 전사한 후에 선교사가 되어버렸기 때문이다.

그들, 이 백인과 흑인은 농장 곳곳을 차례대로 돌아다녔다. 때때로 그들은 여기저기에 멈춰 서서 파란 잎이 무성한 차나무를 살피거나 잡초를 뽑곤 했다. 두 남자 모두 이 샴바를 경애했다. 응고토는 이 땅에 일어나는 모든 일에 책임을 느꼈다. 자기 집안의 죽은 자, 산 자, 아직 태어나지 않은 자들을 대신하여 이 샴바를 지켜야 할 의무가 있었다. 하울랜즈 씨는 농장을 쭉 돌아볼 때마다 항상 어느 정도의 승리감을 느꼈다. 그가 순전히 혼자 힘으로 이 거친 황무지를 길들였기 때문이었다. 그들은 살짝 솟아오른 땅뙈기에 올라 멈춰 섰다. 땅은 완만하게 내려가다가 다시 솟아올라서 다음 산마루, 그다음 산마루로 이어졌다. 응고토의 눈에 그 너머로 야생동물 보호 구역이 보였다.

"자네는 이 모든 게 마음에 드나?" 하울랜즈 씨가 멍한 표정으로 물었다. 그는 눈앞의 땅에 대한 감탄에 빠져 있었다.

"이 지역 전체에서 최고의 땅입니다." 응고토가 단호하게 말했다. 그는 진심이었다. 하울랜즈 씨가 한숨을 지었다. 그는 과연 스티븐이 자신을 뒤이어 농장을 경영할 것인가 생각하고 있었다.

"내 뒤에 누가 이곳을 관리할지 모르겠군……."

응고토의 심장이 멎을 뻔했다. 그 역시 자식들 생각을 하고 있었기 때문이다. 예언이 곧 실현되려나?

"콰 니니 브와나. 혹시 고향으로……."

"아니." 하울랜즈 씨가 필요 이상으로 크게 대답했다.

"……돌아가실 건가요?"

"내 집은 여기야!"

응고토는 혼란스러웠다. 이 사람들은 영원히 가지 않을 작정인가? 하지만 옛 키쿠유족 예언자는 그들이 결국엔 떠나왔던 곳으로 돌아갈 거라 말하지 않았던가? 하울랜즈 씨는 '스티븐이 정말로 할까?'라는 생각을 하고 있었다. 스티븐은 또 한 녀석과는 달랐다. 그는 슬픔과 상실감을 느꼈다.

"전쟁이 그 녀석을 빼앗아 갔어."

응고토는 하울랜즈 씨의 또 한 아들이 어디로 갔는지 이제껏 몰랐었다. 이제야 알게 됐다. 그는 자기 아들에 대해 말하고 싶었다. 너무나 이렇게 말하고 싶었다. "당신들이 그 녀석을 제게서 빼앗아 갔어요." 하지만 그는 아무 말도 하지 않았다. 다만 하울랜즈 씨가 불평하지 말아야 한다고 생각했다. 그것은 그들의 전쟁이었으니까.

4장

    학교에서 은조로게는 읽기를 잘하는 것으로 드러났다. 그는 자신의 첫 수업을 똑똑히 기억했다. 그때 선생님은 교실 앞에 서 있었다. 선생님은 땅딸막한 사내로, 자신의 작은 콧수염을 쓰다듬거나 어루만지길 좋아했다. 학생들은 그를 이사카라고 불렀다. 아이작을 변형한 이름이었다. 아이들이 선생님의 성을 아는 경우는 드물었다. 이사카에 관해서는 많은 이야기가 떠돌았다. 어떤 애들은 그가 **좋은** 기독교인이 아니라고 말했다. 그가 술 마시고 담배 피우고 여자들과 어울린다는 뜻이었다. 이 학교 교사에게는 절대 기대되지 않는 행실이었다. 하지만 이사카는 유쾌한 사람이었기 때문에 아이들은 그를 좋아했다. 은조로게는 그의 콧수염에 감탄했다. 이사카는 여교사들과 얘기할 때마다 장난스럽게 콧수염을 구부린다고들 했다. 그 콧수염은 남자애들끼리 모여 있을 때마다 끊임없이 풍문을 만들어내는 근원이었다. 첫 수업 날 선생님은 교실에 들어오더니 칠판에 이상한 기호를 그렸다.

    'A'. 그것은 은조로게를 비롯한 아이들에게 아무 의미도 없었다.

선생님 '아' 해보세요.

학생들 아아아아.

선생님 한 번 더.

학생들 아아아아.

주름진 철판지붕에 금이 갈 것만 같았다.

선생님 (칠판에 또 다른 기호를 그리며) '이이이' 해보세요.

학생들 이이이이이이이이.

그 소리는 듣기 좋으면서도 친숙했다. 어린애가 울 때 이이이이, 이이
이이 하기 때문이었다.

선생님 아이.

학생들 아아아아아이.

선생님 한 번 더.

학생들 아아아아아이.

선생님 옛날에 키쿠유어 사투리로 '호디(들어가도 돼요)?'를 이렇게 말했
어요.

아이들은 깔깔대고 웃었다. 선생님이 그 말을 너무 웃기게 했기 때문
이었다. 그가 칠판에 또 새로운 기호를 그렸다. 은조로게의 심장이 빨리
뛰기 시작했다. 자신이 정말로 뭔가를 배우고 있음을 알게 된 것이다! 오
늘은 어머니에게 할 얘기가 아주 많을 것 같았다.

선생님 오.

학생들 오오오오오.

선생님 한 번 더.

학생들 오오오오오.

또 다른 기호.

선생님 우.

학생들 우우우.

선생님 여자들이 위험한 걸 보면 뭐라고 하죠?

학생들 (남학생들이 의기양양하게 여학생들을 쳐다보며) 우우우우우우.

웃음이 터졌다.

선생님 '우우우우우' 해보세요.

학생들 우우우우우우우.

선생님 어떤 동물이 이렇게 우나요?

한 남학생이 손을 번쩍 들었다. 하지만 그가 미처 대답하기도 전에 반 전체가 '개'라고 외쳤다. 또 한 번 웃음이 터졌고 약간 혼란스러운 중얼 거림이 들렸다.

선생님 개가 무엇을 하나요?

여기서는 의견이 분분했다. 어떤 아이들은 개가 '우우우우우' 한다고 외쳤고, 어떤 아이들은 개는 그냥 짖는 거라고 주장했다.

선생님 개는 짖죠.
학생들 개는 짖어요.
선생님 그럼 개는 짖을 때 어떤 소리를 낼까요?
학생들 우우우우우.

그날부터 선생님의 이름은 '우우'가 되었다.

은조로게는 이런 읽기 연습을 아주 좋아했다. 특히 마음껏 떠들고 웃고 소리치는 부분이 좋았다. 처음에는 집에 와서 카마우에게도 가르쳐주려고 했다. 하지만 카마우가 화를 내는 바람에 포기할 수밖에 없었다.

므위하키가 그에게 말했다. "왜 계속 혼자 가는 거야? 나를 피하려고?"

은조로게는 부끄러웠다. 그는 둘이 언덕 위에서 놀다가 어머니에게 들켰던 날을 아직도 기억했다. 어머니는 그를 야단치지 않았다. 하지만 어머니의 침묵은 최악의 벌이었다. 왜냐하면 어머니가 무슨 생각을 하고 있는지 알아내는 것이 오로지 그의 상상력에 달려 있었기 때문이다. 하지만 은조로게는 므위하키의 눈에 위엄 있고 존경스러워 보이고 싶었다.

"네가 항상 늦게 나오잖아." 마침내 입을 연 그가 다소 소심하게 말했다. 그들은 함께 걸어갔다. 오늘 수업이 막 끝난 참이었다. 그들은 걸어가면서 밭 위를 가로질러 날아가는 새들을 보았다. 그녀가 침묵을 깨고 말했다.

"아니, 나는 늦게 나오지 않아. 네가 늦게 나오지. 너는 날 피하려 하고 있어."

"부모님이 널 때리셔?" 또 한참 침묵이 흐른 후에 그녀가 물었다.

"아니, 자주는 아냐. 내가 잘못 했을 때만."

므위하키는 어떻게 이 아이가 잘못을 할 수 있을까 생각했다. 은조로게는 너무 순하고 내성적인 아이로 보였고, 늘 제시간에 집에 갔다.

"그런 건 왜 물어?" 은조로게가 말을 이었다.

"음, 부모님이 널 때리시지 않으면, 네가 왜 부모님을 안 무서워하는지가 설명될 것 같다고 생각하고 있었어."

"너희 부모님은 널 때리셔?" 그가 동정하는 얼굴로 물었다. 그녀는 부드럽고 작고 섬세해 보였다. 어쩌면 여자애들은 다들 반항적인지도 몰랐다.

"응…… 가끔. 어머니가 날 때리지 않으실 땐 매보다 더 아픈, 나쁜 말을 사용하셔. 난 어머니가 무서워."

"나도 부모님이 무서워." 그는 므위하키 앞에서 부모님을 욕하고 싶지 않았다. 그는 예전에 그저 친절을 베풀고 싶어서 자신에게 사탕을 주었던 인도인 소년을 결코 잊지 못했다. 당시 은조로게는 어머니와 같이 있었다. 그는 인도인이 그런 행동을 할 수 있다고 생각해본 적이 없었기에 소년의 친절한 행동에 깜짝 놀랐다. 그는 사탕을 받았다. 그리고 그것을 막 입에 넣으려는 순간 어머니가 달려오며 꽥 소리쳤다. "1년 동안 굶기라도 한 거냐? 아무한테서나, 심지어 더러운 인도 꼬맹이한테서 받은 걸 아무거나 게걸스럽게 받아먹게?"

은조로게는 사탕을 버렸다. 하지만 그 모습을 인도인 소년에게 보여서 속상했다. 그렇다고 다시 돌아가서 그에게 뭐라고 말하기에는 마음이 아프기도 하고 두렵기도 했다. 그래서 그때는 가지 않았다. 며칠 후 그곳에 돌아갔을 때는 소년은 거기 없었다.

"너는 부모님이 항상 옳다고 생각해?"

"그런 것 같아. 모르겠어. 하지만 가끔 이 안에서 뭔가가 느껴지지 않아……? 가끔 그럴 때 없어?"

"그럴 때 있어!" 그는 자신이 무식해 보이지 않길 빌며 말했다.

그들은 곧 부모님에 대해서는 잊고 웃었다. 때로는 함께 놀기도 했다. 은조로게는 조금 내성적인 편이었지만 므위하키는 보다 쾌활한 편이었다. 그녀는 꽃을 꺾어서 그에게 던졌다. 그는 이 장난이 좋았고 므위하키한테 복수하고 싶었지만 피어 있는 꽃을 꺾으면 시들고 마니까 꺾고 싶지 않았다. 그가 말했다. "꽃 갖고 놀지는 말자."

"아, 하지만 난 꽃 좋아하는데."

그들은 하울랜즈 씨네 집 근처를 지났다. 집은 크고 멋있었고, 므위하키네 아버지의 집보다 더 웅장했다.

"우리 아버지가 여기서 일하셔."

"여기는 하울랜즈 씨네 집인데."

"너 하울랜즈 씨 알아?"

"아니. 하지만 아버지가 항상 얘기하시는걸. 종종 하울랜즈 씨를 만나시는데, 그 사람이 이 고장 최고의 농부라고 말씀하셔."

"두 분이 친구셔?"

"몰라. 아마 아닐 거야. 유럽인은 흑인과 친구가 될 수 없어. 높은 사람들이니까."

"여기 농장에 가본 적 있어?"

"아니!"

"나는 아버지를 만나러 자주 여기 오곤 해. 나랑 키가 비슷한 남자애가 있는데 걔는 피부가 아주 새하얘. 아마 하울랜즈 씨 아들일 거야. 그

녀석이 자기 어머니 치마폭에 매달려 있던 건 마음에 안 들었어. 소름 끼쳤지. 하지만 녀석은 나를 뚫어져라 쳐다봤어. 호기심 담긴 눈빛으로. 두 번째 봤을 때는 녀석 혼자 있었는데 나를 보더니 일어나서 내 쪽으로 걸어오기 시작하는 거야. 그 애가 뭘 원하는지 몰라서 무서웠지. 나는 도망쳤어. 녀석은 한동안 가만히 서서 나를 쳐다보고 있었어. 그러다가 돌아갔지. 저기 갈 때마다 나는 꼭 아버지 곁에 바싹 붙어 있곤 해."

"너랑 얘기하고 싶었던 건가?"

"글쎄, 모르지. 나랑 싸우고 싶었는지도 몰라. 그 녀석은 자기 아버지를 닮았으니까. 그리고……."

은조로게는 응고토가 들려준 이야기를 떠올렸다. 므위하키에게 그 얘기를 할 수는 없었다. 그것은 그만의 비밀이어야 했다.

"이 모든 땅은 흑인들 거야."

"그으래. 아버지가 말씀하시는 거 들었어. 사람들이 교육을 받았더라면 백인들이 땅을 몽땅 빼앗아 가지 않았을 거래. 할아버지들은, 돌아가신 할아버지들은 왜 백인들이 왔을 때 아무것도 배우지 않았던 걸까?"

"영어 가르쳐줄 사람이 없었으니까."

"그으래. 그럴지도 모르지." 그녀가 의심스럽다는 투로 말했다.

"너희 반은 영어 수업 해?"

"오, 아냐. 영어를 배우는 건 정규 4학년뿐이야."

"너희 아버지는 영어 할 줄 아셔?"

"그런 것 같아."

"어디서 배우셨대?"

"시리아나의…… 선교사들한테서."

"너는 영어 나보다 먼저 배우겠다."

"왜?"

"한 학년 위니까."

그녀는 몇 분 동안 곰곰 생각했다. 그러더니 갑자기 얼굴이 환해지며 말했다. "그럼 내가 가르쳐줄게……."

은조로게는 그 생각이 마음에 들지 않았다. 하지만 그 말을 입 밖에 내진 않았다.

다음 해 초에 그는 3학년으로 월반했다. 아래 두 학년은 예비 과정, 초급반이었기 때문에 3학년은 정규 1학년으로 불렸다. 예비 과정 2학년은 그에게 불필요한 것으로 판단되었다. 므위하키도 새해에는 정규 1학년이 될 예정이었다. 은조로게가 그녀를 따라잡은 것이다. 그는 기뻤다. 새 학년이 시작되기 전에 은조로게는 카마우와 함께 숲에 갔다.

영양을 찾으려다 실패하고 집으로 돌아가면서 그가 물었다. "근데 형은 진짜 왜 학교 안 다니는 거야?"

"너는 맨날 그 질문을 하는구나." 카마우가 웃었다. 하지만 은조로게는 여전히 진지했다. 그는 학교에 다니는 것이야말로 남자애가 누릴 수 있는 최고의 행복이라고 늘 생각했다. 그것은 모든 삶의 목표였다. 그는 모든 사람들이 학교에 다니길 바랐다.

"그렇지 않아!" 카마우가 고개를 저으며 말했다.

"왜?"

"자, 그 질문의 답을 알면서 모르는 척하지 마. 네 눈엔 우리 집 사정이 안 보이는 거니? 땅이 없는 사람은 기술을 배워야 돼. 아버지한테는 아무것도 없어. 그래서 내가 지금 하는 일이 중요한 거야. 응강가가 나쁜 사람이 아니라면 나는 곧 훌륭한 목수가 될 거야. 나는 부자가 될 수 있을 테고 그러면 우리 식구 전부가 네가 학교에 다니도록 도울 수 있겠지. 네 배움은 우리 모두를 위한 거야. 아버지도 똑같은 말씀 하시잖아. 아버지는 네가 계속 학교에 다녀서 우리 집에 빛을 가져오길 간절히 바라셔. 교육은 케냐의 빛이야. 조모가 그렇게 말했어."

은조로게는 조모에 대해 들어본 적이 있었다. 조모가 바다 건너에서 왔을 때에는 많은 사람들이 그를 만나러 나이로비에 갔다. 은조로게는 자신도 조모처럼 많이 배워서 나중에는 바다를 건너 백인들의 나라에 가고 싶다고 생각했다. 므위하키의 오빠는 곧 그곳에 갈 예정이었다.

그날 저녁, 응고토가 은조로게를 흘끗 쳐다보며 물었다.

"학교는 언제부터니?"

"월요일요."

"아아아." 응고토가 한숨지었다. 그는 이제 초점 없는 눈으로 아들 쪽을 쳐다보고 있었다. 뇨카비가 이리오*를 준비 중이었다. "이 세상은 교육이 전부야." 응고토가 말했다. 하지만 사실은 그 말을 믿지 않았다. 마음속 깊은 곳에서는 땅이 전부임을 알았기 때문이다. 교육이 중요한 유일한 이유는 그것이 잃어버린 땅을 되찾을 수 있는 방법이기 때문이었다.

"지금 우리가 사는 처지를 벗어나려면 네가 배워야 해. 그건 힘든 길이야. 남자가 땅뙈기 없이 할 수 있는 일은 많지 않단다."

응고토는 거의 불평하는 법이 없었다. 그는 뭔가 엄청난 일이 일어나리라는 믿음 속에서 평생을 살았다. 조상들 소유였던 땅에서 멀어지고 싶지 않았던 것도 그 때문이었다. 그것이 응고토가 땅과 거기서 자라는

* 음식.

모든 것들을 정성스럽게 돌보며 하울랜즈 씨를 위해 충실히 일해온 진짜 이유였다. 그런데 그의 아들이 와서 한 방에 하울랜즈 씨와 땅에 대한 충성에 의구심을 갖게 만들었다. 그리고 의심 다음에는 아들에 대한 두려움이 찾아왔다. 보로는 변했다. 이게 다 전쟁 때문이었다. 응고토는 전쟁이 자신에게 가혹했다고 느꼈다. 한 아들은 빼앗겼고, 이제는 나머지 한 녀석이 그를 비난하고 있었다!

"하울랜즈가 농장을 어찌나 끔찍이 생각하는지!" 그가 천천히 혼잣말을 했다. 응고토는 땅에 대한 하울랜즈 씨의 헌신을 이해할 수 없었다. 때로는 다른 뭔가로부터 벗어나기 위해 땅에 몰두해 있는 것처럼 보이기도 했다.

은조로게는 아버지의 말을 듣고 있었다. 그는 뭐라 정의하기 어려운 것이 아직 어린 자신에게도 요구되고 있음을 본능적으로 알았다. 하지만 그에게 교육이란 더 넓고 심오한 계획을 실현하는 것이라는 사실도 알 수 있었다. 그의 아버지뿐 아니라 어머니, 형들, 심지어 마을 전체가 그에게 요구하는 것을 넘어서는 원대한 계획. 그는 자신 앞에 뭔가 거대한 운명이 기다리고 있음을 알았고, 이 사실이 그의 마음을 환히 빛나게 했다.

5장

응고토네 집 밖에는 꽤 큰 '언덕'이 우뚝 서 있었다. 수년에 걸쳐 쌓인 쓰레기로 인해 생겨난 것이었다. 낮에 그 언덕 위에 올라서면 자코보의 땅 전체가 얼추 내려다보였다. 굉장히 큰 땅이었다. 백인 정착민의 농장만큼 컸다. 그곳은 제충국꽃과 아카시아 숲으로 가득했다. 자코보는 운 좋게도, 아주 오랫동안 제충국 재배 허가를 받은 유일한 아프리카인이었다. 소문에 따르면 다른 사람들이 비슷한 허가를 받지 못하게 그가 방해 공작을 펼쳤다고 했다. 제충국을 심은 백인 농부들 또한 제충국 같은 상품작물의 재배 허가를 받은 아프리카인이 많아지는 것을 원치 않았다. 그렇게 되면 상품의 수준과 질이 떨어질 것이었기 때문이다.

은조로게는 어머니나 형이 멀리서 오는 모습을 보고 싶을 때마다 이 언덕 위에 서곤 했다. 그리고 누구라도 보이면 달려가서 무엇이든 개의치 않고 짐 나르는 것을 도왔다. 그 사람이 은제리나 은제리의 아들들이어도 상관없었다. 모두가 한 식구라는 생각은 응고토의 집과 다른 일부 다처제 가정들 간의 가장 큰 차이점이었다. 은제리와 뇨카비는 샴바나

시장에 갈 때 같이 갔다. 때로는 서로 합의를 해서 한 사람이 이 일을 하는 동안 한 사람은 저 일을 하기도 했다. 이는 집안의 중심인 응고토 때문이었다. 중심이 굳건하면 가족은 뭉치기 마련이다.

　어두운 밤이었다. 은조로게와 카마우는 '언덕'에 서 있었다. 별 몇 개가 머리 위에서 반짝였다. 그것은 마치 사람의 눈처럼 보였다. 예전에 뇨카비는 은조로게에게, 별이란 작은 구멍들을 통해 하느님이 피운 불이 보이는 것이라고 말한 적이 있었다. 은조로게는 그 말을 그다지 믿지 않았다.

"저기 멀리 있는 불빛들 보여?"

"응."

"저기가 나이로비지?" 은조로게의 목소리가 살짝 떨렸다.

"그래." 카마우가 꿈꾸듯 대답했다.

은조로게는 어둠 속을 응시하다가 그 너머를 바라보았다. 저 멀리 수많은 불빛들이 보였다. 그리고 그 빛의 무리 위로는 희부연 하늘이 있었다. 은조로게의 시선은 한동안 그 광경에 머물렀다. 대도시 나이로비는 형들을 가족의 품에서 앗아 가고 만 수수께끼의 장소였다. 가까우면서 멀기도 한 이 이상한 도시의 매력은 그를 약해지게 만들었다. 그는 한숨을 지었다. 은조로게는 형들이 왜 떠나기로 결심했는지 아직 이해할 수 없었다. 그렇게 간단히 결정하다니.

"형들이 취직했을까?"

"코리 형이 저기엔 일자리가 많다고 했어."

"그래."

"큰 도시니까……."

"그으래애크은도오시이지이."

"하울랜즈 씨가 저기 자주 가."

"자코보 아저씨도…… 형들이 집을 잊을 거라고 생각해?"

"절대 잊지 않을 거야. 집을 잊을 수 있는 사람은 없어."

"왜 여기서는 일할 수 없었던 거야?"

"형들이라고 그러고 싶지 않았을 것 같아? 너도 여기를 알잖아. 저기에 가서도 형들은 농사지을 땅 한 뙈기 없이 월급만 받는 건 소용없다는 걸 알게 될 거야. 하울랜즈를 봐. 누구에게도 고용되어 있지 않지만 부자이고 행복해. 그건 땅이 있기 때문이라고. 아니면 자코보를 봐. 땅이 있기 때문에 그런 식으로 굴 수 있는 거야……. 보로 형은 땅이 없어. 게다가 취직을 하지도 못했지. 형이 우리 조상들이 어리석어서 땅을 뺏긴 거라고 말해서 아버지랑 얼마나 사이가 안 좋은지 너도 알잖아. 형이 여기 있을 수 있었다고 생각해? 보로 형은 이제 이곳에 속하지 않아."

은조로게는 이 이야기를 곱씹으면서, 자기가 상황을 바로잡을 수 있는 위치에 있었더라면 좋았을 텐데 하고 생각했다. 어쩌면 교육이…….

"맞아. 보로 형은 이상했어."

"화를 잘 냈지."

"아버지한테?"

"그 세대 사람들 전체한테. 하지만 그들도 노력은 했어."

"땅을 되찾으려고?"

"그래. 아버지는 사람들이 오래전에 자기 권리를 요구하기 시작했다고 말씀하셨어. 어떤 사람들은 첫 번째 전쟁이 끝난 지 얼마 안 됐을 때 체포된 지도자의 석방을 요구하며 나이로비까지 행진했지. 그러다 총에 맞아 세 명이 죽었고. 사람들은 그 젊은 지도자가 백인들을 몰아낼 사람이라고 생각했었어."

"아버지가 해주신 얘기야?"

"그래. 아버지가 보로 형한테 말씀하시는 걸 들었지. 아버지가 보로 형을 좀 무서워하시잖아."

"보로 형은 뭐라고 했는데?"

"아무 말도 안 했어. 그냥 앉아서 뭔가에 대해 곰곰이 생각하고 있었지. 보로 형은 이상해. 큰어머니는 전쟁이 형을 바꿔놓았다고 하셔. 하지만 어떤 사람들은 다른 형, 죽은 형 때문이라고들 해."

"므왕기 형 말이야?"

"그래. 그들은 영국인들이 형을 죽였다고 해. 하지만 영국인이건 아니건, 백인이 그런 것만은 사실이야."

"맞아."

그들은 여전히 어둠 너머로, 지금 보로와 코리를 데리고 있는 도시를 바라보고 있었다. 카마우와 은조로게는 그 둘이 그곳에서 길을 잃었을까 봐 두려웠다. 만약 그렇다면 젊은 남녀들의 저녁 모임도 끝날 게 틀림없었다. 하지만 지난번에 코리는 가끔씩 집에 들르겠다고 분명히 말했었다.

"나도 이곳을 떠나고 싶어!"

"왜?" 은조로게가 재빨리 물었다. 그 바람에 자신이 학업을 마치고 돈을 벌면 가족을 위해 뭘 할까 궁리하던 생각의 흐름이 끊겼다.

"그냥 그러고 싶어. 하지만 우선 웅강가네 집에서 일하는 걸 관둬야겠지."

"하지만 아직 다 배우지 않았잖아."

"이제 혼자 할 수 있을 정도의 목공은 배운 것 같아. 의자나 침대 같은 건 만들 수 있거든."

"그럼 어디로 갈 건데?"

"정착민 지역으로 가야지. 아니면 나이로비나."

은조로게는 카마우를 붙들고 싶은 강렬한 욕망을 느꼈다. 형이 몹시도 그리울 것이었기 때문이다.

"일자리를 못 구할지도 몰라."

"구할 거야."

"파업에 대해서는 잊어버린 거야?"

"아."

"그래. 아버지가 항상 말씀하시는 파업 알잖아."

"몰라. 파업은 아버지 같은 사람들이나 하는 거라고 생각하는데."

"하지만 아버지가 파업은 흑인의 자유를 원하는 사람은 누구나 참여해야 하는 거라고 말씀하셨잖아."

"그럴지도 모르지. 난 모르겠어."

은제리가 부르는 소리가 들렸다. 그들은 '언덕'을 내려갔다. 함께 걸어가는 동안 은조로게는 땅에 대해 묻고 싶었던 것을 기억해냈다.

"아버지가 하신 말, 모든 땅이 흑인들 거라는 말이 사실이라고 생각해?"

"응. 흑인들의 나라에서는 흑인들이 땅을 가지고 있어. 백인들의 나라에서는 백인들이 땅을 가지고 있고. 간단해. 그게 원래 하느님의 계획이었을 거야."

"영국에도 흑인이 있어?"

"아니. 영국에는 백인들만 있어."

"그런데 그들 모두가 자기 나라를 떠나서 우리가 가진 땅을 뺏으러 온 거야?"

"그래. 강도들이지."

"전부 다?"

"그래. 하울랜즈 씨도."

"하울랜즈 씨…… 난 그 사람 싫어. 그 사람 아들이 저번에 나를 기분 나쁘게 따라왔어."

"양은 제 어미를 닮는 법이지."

그때 은조로게의 뇌리에 어떤 생각이 떠올랐다.

"자코보 아저씨는 나쁜 사람이잖아. 그럼 므위…….' 그는 말을 멈췄다. 그리고 재빨리 화제를 바꿔 물었다. "조모가 누구야?"

"보로 형은 그를 검은 모세라고 불렀어."

"성경에 나오는?"

"나도 몰라."

"성경에 나온다고 들은 것 같아."

은제리의 목소리가 어둠 저편으로부터 울려왔다. 그것으로 수다는 끝이었다.

그날 밤 은조로게는 잠들기 전에 잠시 깨어 있는 상태로 침대에 누워 있었다.

은조로게는 아버지처럼 백인을 위해 일하거나, 그보다 더 못한 인도인을 위해 일하고 싶진 않았다. 예전에 아버지는 일이 힘들다면서 그에게 이런 삶의 조건에서 벗어나라고 부탁했다. 그렇다, 그는 그럴 작정이었다. 아버지와는 다른 사람이 되어 형들을 도와줄 것이었다. 잠들기 전에 그는 이렇게 기도했다. "주여, 제가 배우게 해주세요. 저는 아버지와 어머니들을 돕고 싶습니다. 카마우 형이랑 다른 형들도요. 우리 주 예수 그리스도의 이름으로 기도드리옵나이다, 아멘."

그때 또 한 가지가 떠올랐다.

"……그리고 부디 므위하키가 학교에서 저를 때리지 않게 해주세요. 그리고 하느님……."

그렇게 잠이 든 그는 영국에서 교육받는 꿈을 꾸었다.

므위하키는 처음부터 은조로게가 마음에 들었다. 자신에게 별 관심이 없는 친오빠들보다 은조로게와 있을 때 더 안심이 됐다. 그녀는 그에게 비밀 얘기를 털어놓았고 그와 함께 집에 가는 것이 좋았다. 그녀는 아주 똑똑해서 남자애들 사이에서도 기죽지 않았다. 이제 은조로게와 같은 반이 되었으니 학교 공부에 대해서도 그에게 물어볼 수 있었다. 그들이 영어를 배우기 시작한 것은 정규 4학년 때였다.

므위하키의 언니 루시아가 그들을 가르쳤다. 학생들은 모두 기대감에 차서 칠판에 시선을 고정한 채 자리에 앉아 있었다. 영어를 할 줄 아느냐 모르느냐는 어떤 사람이 교육을 받았는가 안 받았는가를 가르는 척도였다.

서다＝루가마

선생님 저는 서 있습니다. 제가 뭘 하고 있죠?

학생들 당신은 서 있습니다.

선생님 한 번 더.

학생들 당신은 서 있습니다.

선생님 (손가락으로 가리키며) 너…… 말고…… 너…… 그래. 이름이 뭐니?

학생 은조로게입니다.

선생님 은조로게, 일어서.

그는 일어섰다. 영어를 배우는 것은 괜찮았지만 일어선 채로 모든 눈들이 그를 쳐다보거나 째려보고 있을지도 모르는 상태에서 배우는 것은 괜찮지 않았다.

선생님 너는 뭘 하고 있니?
은조로게 (작은 소리로) 당신은 서 있습니다.
선생님 (살짝 짜증이 나서) 너는 뭘 하고 있냐고.
은조로게 (헛기침을 하고는 아까보다 더 작은 소리로) 당신은 서 있습니다.
선생님 아니, 아니야! (학급 전체에게) 자, 여러분, 여러분은 뭘 하고 있나요?

은조로게는 무척 혼란스러웠다. 그의 주위에 앉은 아이들이 모두 손을 들었다. 그는 점점 바보가 된 기분이 들었고 결국 대답하려는 시도 자체를 포기해버렸다.

선생님 (므위하키를 가리키며) 일어서. 너는 뭘 하고 있니?
므위하키 (고개를 옆으로 기울인 채) 저는 서 있습니다.
선생님 잘했어. 자, 은조로게. 그녀는 뭘 하고 있지?
은조로게 저는 서 있습니다.

아이들이 킥킥대고 웃었다.

선생님 (굉장히 화가 나서) 여러분, 그녀는 뭘 하고 있나요?
학생들 (입 맞추어) 당신은 서 있습니다.

선생님 (더 화가 나서) 제가 한 질문은…… 그녀가 뭘 하고 있죠?

학생들 (겁먹어서 작은 소리로 입 맞추어) 당신은 서 있습니다.

선생님 이 멍청하고 게으른 바보들아. 도대체 언제가 돼야 말귀를 알아들을래? 이거 어제 다 배운 거 아냐? 내일 왔을 때 하나라도 틀리면 전부 혼쭐날 줄 알아.

이런 날카로운 협박을 내뱉은 뒤에 그녀는 교실을 나갔다. 방금 전 자신의 형편없는 모습에 스스로에게 짜증이 난 은조로게는 다른 아이들에게 아까 너희가 "그녀는 서 있습니다"라고 대답했어야 했다고 말함으로써 구겨진 체면을 회복하려 애쓰고 있었다. 하지만 한 남자애(그 반에서 가장 멍청한 학생)가 그를 나무랐다. "네가 그렇게 똑똑하면 선생님이 여기 계실 때 큰 소리로 말하지 그랬어?"

분노와 협박의 몇 주가 더 지나고 난 뒤에야 아이들은 스스로 자랑스러워할 만한 것을 겨우 하나둘 모으게 되었다. 은조로게는 이제 노래로 부를 수도 있었다.

저는 서 있습니다.

당신은 서 있습니다.

그녀는 서 있습니다.

우리는 서 있습니다.

당신들은 서 있습니다.

그들은 서 있습니다.

당신은 어디로 가고 있나요?

저는 문으로 가고 있습니다.

우리는 문으로 가고 있습니다.

칠판을 가리키며. 당신은 뭘 하고 있나요?

저는 칠판을 가리키고 있습니다.

선생님이 교실에 들어올 때마다 그는 영어로 인사했다.

선생님 좋은 아침이에요, 여러분.

학생들 (일어서며 제창한다) 좋은 아침입니다, 선생님.

어느 날 한 유럽인 여자가 학교를 방문했다. 그녀가 오기로 되어 있었으므로 그들은 학교를 깨끗이 청소하고 정리했다. 교사들은 아이들에게 어떻게 행동해야 할지를 보여주고 가르쳤다. 은조로게는 이 동네에서 유럽인을 그렇게 많이 보지 못했다. 그래서 이 여자의 하얗고 부드러운 피부에 넋을 잃었다. 그는 생각했다. 저 여자의 피부를 만지면 어떤 느낌일까? 그녀가 교실에 들어왔을 때 학급 전체가 차려 자세로 일어났다. 몇몇은 준비된 인사말을 하려고 벌써부터 입을 벌리고 있었다.

"좋은 오후예요, 여러분."

"좋은 아침입니다, 선생님."

루시아는 울고 싶었다. 자신이 이 아이들에게 올바른 대답을 몇 번이나 가르치지 않았던가? 하지만 그들은 그녀의 기대를 저버렸다. 방문객이 지금은 점심때가, 12시가 지났으니까 '오후'라고 해야 한다고, 그리고 자신은 여자니까 '선생님'이 아니라 '부인'이라고 불러야 한다고 설명하고 있었다.

"알았죠?"

"네, 선생님!"

"부인이라니까!" 루시아가 신경질적으로 외쳤다. 누구 하나 죽일 수도 있을 것 같은 목소리였다.

"네, 부인."

"좋은 오후예요."

"좋은 오후입니다, 부인." 하지만 몇 명은 여전히 '선생님'을 고집했다. 그 말이 그들의 인사법의 일부가 되어 있었기 때문이다. 한 학생이 혼자 인사했을 때에도 또 '선생님'이 따라 나왔다.

유럽인이 가고 나서 아이들은 방금 있었던 일을 후회했다. 루시아는 분노와 수치심을 삭이기 위해 아이들을 때렸다. 그들은 한참 뒤에야 '아침'과 '오후'의 차이, '선생님'과 '부인'의 차이를 알게 될 것이었다.

"네, 부인."

집에 가는 길에 은조로게가 므위하키에게 말했다. "있잖아, 나 전에 어디서 그 여자 본 것 같아."

"본 적이 있다고? 어디서?"

"몰라. 그냥 그런 느낌이 들어."

그들은 응고토가 일하는 곳에 다다랐다. 므위하키가 말했다. "그 남자애 지금도 보여?"

"아니! 학교 갔나 봐."

"걔가 너한테 또 말 걸려고 한 적 있어?"

"아니! 내가 계속 피해 다녔거든. 그런데 항상 혼자 있더라."

"형제자매가 없나 보지."

"다른 애들하고 놀면 되잖아."

"어디서?"

그런데 채 몇 걸음도 안 가서 은조로게가 갑자기 외쳤다. "알았다."

"뭘?"

"그 여자를 어디서 봤는지. 하울랜즈 씨네 집에서 한두 번 봤어. 그 집 딸인 것 같아. 아버지가 그 딸은 선교사라고 그러셨어."

"아, 맞아. 우리 아버지가 그렇게 말씀하시는 거 들었어."

"왜 선교사가 됐나 몰라. 정착민의 딸인데."

"특이한 사람인가 보지."

'양은 제 어미를 닮는 법이지.' 그때 카마우가 말했던 속담이 머릿속에 떠올랐다. 은조로게는 자신이 똑똑해진 듯한 기분이 들었다.

카마우는 응강가네서 일하길 그만두고 아프리카인 가게들과 거래하는 다른 목수 밑으로 들어갔다. 자기가 공언했던 대로 나이로비나 정착민 구역으로 가진 않았다. 은조로게가 이긴 셈이었다. 하지만 그는 카마우가 이제 할례를 받아야 할 키히이*가 되어가고 있음을 알았다. 그리고 그런 그를 보며 두려움을 느꼈다. 할례를 받고 나면 카마우는 아마 자기 리카**의 친구들과 어울려 다닐 것이었다. 하지만 은조로게가 두려워하는 것은 그게 아니었다. 어차피 지금도 그들은 많은 시간을 같이 보내지 못했다. 그가 두려워한 것은 언젠가 카마우가 도시로 이끌릴지도 모른다는 사실이었다. 다른 형들도 이미 도시의 부름을 받았기 때문이었다. 그들은 꽤 정기적으로 집에 들렀지만 확실히 변하고 있었다. 특히 코리가 그랬다. 카마우가 떠나면 가족은 마침내 산산조각 나고, 집을 생각할 때 느끼는 편안한 안도감도 사라질 게 분명했다. 카마우는 집안의 중심이었

* 할례를 받지 않은 소년.
** 또래 무리. 할례도 동시에 받는다.

다. 그는 가족이라는 짐을 말없이 어깨에 지고 가는 것처럼 보였다. 은조로게는 때때로 형을 만나러 아프리카인 상점가에 갔다. 그곳은 항상 똑같았다. 각양각색의 사람들이 다방과 도축장 주위를 어슬렁거리며 시간을 죽이고 있었다. 그런 고된 삶들을 목격하고 나면 그런 목적 없는 생활과 피로를 품고 있는 미래가 두려워졌다. 그래서 그는 책과 학교가 제공하는 모든 것에 필사적으로 매달렸다. 은조로게는 이제 꽤 키가 크고 검은 머리와 갈색 피부, 크고 맑은 눈을 가진 소년이 되었다. 그의 이목구비는 시원스럽고 또렷했다. 어쩌면 그 나이 소년치고는 너무 또렷한지도 몰랐다.

그에게 교육은, 그 세대의 많은 소년들에게 그랬듯, 미래의 열쇠를 쥔 것이었다. (므위하키를 제외한) 자코보의 자식들과는 우정을 나눌 수 없었기에 그는 독서에 몰두했다. 그들은 그때 대두하고 있던, 스스로 중산층이라는 자의식을 갖기 시작한 중산층에 속했기 때문이다. 은조로게는 닥치는 대로 뭐든 읽었다. 제일 좋아하는 책은 성경이었다. 그는 구약에 나오는 이야기들을 좋아했다. 다윗을 좋아하고 존경했으며 곧잘 그 영웅과 자신을 동일시하곤 했다. 욥기는 가슴에 고통스러운 동요를 자주 불러일으키는데도 왠지 모르게 끌렸다. 신약 중에서는 예수의 젊은 시절 이야기와 산상수훈*을 좋아했다.

은조로게가 성경의 내용을 믿게 되면서 신의 공정함에 대해 갖게 된 믿음은 교육받은 자신이 누리게 될 생활의 미래상과 뒤섞였다. 세상에는 공정과 정의가 존재한다. 사람이 올바르고 독실하면 천국에 간다. 선인은 신으로부터 보상받고, 악인은 나쁜 과실을 거둔다. 어머니에게서 들

---

* 마태복음 5~7장에 나오는 예수의 가르침. 신앙생활의 원리에 대해 설명하고 있다.

은 부족 설화들도 고행과 인내의 미덕에 대한 이런 믿음을 강화시켰다.

가족과 마을의 미래에 대한 그의 믿음은 좋은 교육을 받고 싶다는 희망, 사랑과 자비의 신에 대한 믿음에서 기인했다. 그 신은 오래전 이 땅 위를 키쿠유와 뭄비 혹은 아담과 이브와 함께 걸었던 존재였다. 은조로게가 키쿠유를 아담과, 뭄비를 이브와 동일시하게 되었다고 해서 달라진 것은 별로 없었다. 이 신 앞에서 모든 남자와 여자는 형제애라는 단단한 끈으로 묶여 있었다. 게다가 그의 마음속에서는 백인들에게 땅을 뺏긴 키쿠유족이 다름 아닌, 그가 성경에서 읽은 이스라엘의 자손이라는 생각이 자라나고 있었다. 그래서 모든 인류가 형제이긴 하지만, 흑인은 신에게 선택받은 민족이었기에 세상에서 완수해야 할 특별한 임무가 있었다. 이것으로 조모가 검은 모세라는, 형의 말도 설명이 됐다. 그는 므위하키와 함께 있을 때마다 이런 깨달음을 전하고 싶었지만 말로 표현하려 하면 잘되지 않았다. 그래서 그는 이런 생각들을 혼자 간직했다. 홀로 들판을 걸으며, 때로는 어두운 밤에게 우정을 느끼면서.

6장

가끔씩 남자들이 아버지를 찾아올 때가 있었다. 은조로게는 어렸을 때부터 응고토가 모든 것의 중심이라고 생각했다. 아버지가 살아 있는 한 아무것도 잘못될 수 없었다. 그래서 은조로게는 한편으론 아버지를 두려워하면서도 한편으론 그를 절대적으로 신뢰하며 자랐다.

응고토를 만나러 오는 사내들은 대개 그의 팅기라로 갔다. 하지만 때때로 뇨카비나 은제리의 오두막으로 갈 때면 은조로게는 뛸 듯이 기뻤다. 남자 어른들의 이야기 듣는 것을 좋아했기 때문이다. 이 사내들은 마을의 장로들이었다. 그들은 이 땅에서 일어나는 일들을 이야기했다. 코리와 보로도 주말에 사람들을 데려왔는데 이들은 마을 젊은이들과는 달랐다. 마을 젊은이들은 대개 장로들이 대화를 주도하게 두고 자기들은 듣고만 있었다. 하지만 코리, 보로와 함께 큰 도시에서 온 사람들은 아는 게 많은 듯했다. 그들은 대개 대화를 지배했다. 그리고 그들 대부분이 참전 용사였기 때문에 자기가 가본 땅들과 이 땅의 일들을 비교할 수 있었다. 그들은 젊은이들이 으레 그러듯 농담하거나 웃지 않고, 심각한 얼굴을 한 채 외국 땅, 전쟁, 이 고장, 실업 문제, 빼앗긴 땅에 대해 얘기했다.

그들이 조모 얘기를 할 때 은조로게는 귀를 쫑긋하고 들었다. 그는 이미 이 사람을 가깝게 느끼고 있었다. 구약에서 조모 이야기를 봤다고 확신했기 때문이다. 모세는 이스라엘의 자손들을 미스리*에서 약속의 땅으로 데려갔다. 그런데 사실은 흑인들이 이스라엘의 자손이니까 모세 역시 조모임에 틀림없었다. 확실했다.

그들은 파업에 대해서도 이야기했다. 백인들과 세리칼리(정부)**를 위해 일하는 사람들이 모두 파업에 참여할 예정이었다. 흑인들이 겁쟁이도, 노예도 아니라는 사실을 정부와 정착민들에게 보여줘야 했다. 흑인들에게도 먹이고 교육시켜야 할 자식들이 있었다. 어떻게 계속 백인들의 자식들만 잘 먹고, 잘 입고, 잘 배우도록 일할 수 있단 말인가? 검은 수염을 기른 키 작은 사내 키아리에는 설득력 있는 달변가였다. 그는 대개 보로와 함께 왔는데 그의 말은 이상하게 은조로게의 마음을 움직였다.

한 사내가 물었다. "하지만 그게 성공할 거라고 봅니까?"

"네! 모두가 파업에 동참할 겁니다. 모든 곳의 모든 흑인들이요. 경찰과 군대에 있는 흑인들도 참여하기로 했습니다."

"우리가 정말로 인도인들이나 유럽인들과 같은 월급을 받게 될까요?"

"그럼요!" 키아리에는 자신감 있게 고개를 끄덕이며 말했다. "모든 흑인들이 일을 하지 않으면 이 고장의 모든 사업이 멈출 겁니다. 고장 전체가 우리의 땀에 의존하니까요. 정부와 정착민들은 우리를 다시 부르겠죠. 하지만 우리는 이렇게 말할 겁니다. 아니, 아니. 우리 월급부터 올

* 이집트.
** 영국이 세운 케냐 총독부.

려주시오. 우리의 피땀은 그렇게 값싸지 않소. 우리도 인간이오. 한 달에 15실링으로는 살 수 없소……."

노인들과 마을 사람들은 깊은 관심을 드러내며 그의 말을 들었다. 파업에 대해 잘 알진 못했지만 돈을 더 많이 받을 수 있다는 의미라면 좋은 생각임에 분명했다. 키아리에의 엄숙한 목소리에 담긴 확신과 자신감은, 은조로게가 느끼기에, 그곳에 모인 모든 사람들에게 용기와 믿음을 주었다.

"흑인을 위해 일하는 흑인들은요?"

"우리는 정부와 백인들에게 집중해야 합니다. 흑인들은 모두 형제니까요."

응고토는 절대 형제가 아닌 흑인 한두 명을 알고 있었지만 그 말을 입 밖에 내진 않았다.

은조로게는 잠들기 전에 파업이 성공하게 해달라고 기도했다. 파업이 빨리 일어났으면 했다. 아버지에게 돈이 많다면 자코보처럼 트럭을 살 수 있을 것이었기 때문이다. 잠든 은조로게는 파업 뒤에 찾아올, 부와 기쁨으로 가득한 행복한 순간에 대한 꿈을 꾸었다.

하울랜즈 씨가 모든 고용인들을 불러 모았다. 이례적인 일이었다. 하지만 그는 시간을 낭비하고 싶지 않았으므로 간단히 말했다. 누구든 파업에 참가하는 사람은 즉시 해고될 거라고 경고만 했다. 어떻게 빌어먹을 파업이 농장의 일부에라도 지장을 초래하게 놔둘 수 있겠는가? 정부도 그의 농장에 간섭할 순 없었다. 흑인들이 뭐든 부탁하고 요구하는 건 상관없었다. 하지만 그런 것은 분명 정부의 일, 그의 샴바 밖에 존재하는 일이었다. 그러나 파업이 다가옴에 따라 그는 모순되게도 정부의 강력한 조치, 인부들에게 제 주제를 알려줄 조치를 원했다.

응고토는 아무런 감정도 드러내지 않은 채 이 경고를 들었다. 그의 표정이 변하지 않았으므로 남들은 그가 정말로 무슨 생각을 하는지 알 수 없었다.

그는 아직 파업에 대한 결정을 내릴 수가 없었다. 파업이 과연 성공할지 의구심이 들었기 때문이다. 만약 실패한다면 그는 직장을 잃고 조상들의 땅에서 멀어지게 될 터였다. 그건 잘못된 일이었다. 그 땅은 그의 것이었으니까. 아무도 응고토처럼 그 땅을 돌볼 순 없었다.

그는 확신하지 못하는 상태에서 집으로 향했다. 아프리카인 상점가를 지나다 보니 이발사는 아직 일하고 있었다. 요즘 이발소의 화제는 거의 파업 얘기였다. 응고토는 그곳에 들르지 않고 곧장 집으로 갔다.

은조로게는 지금껏 아버지가 아내들과 싸우는 것을 한 번도 본 적이 없었다. 말다툼이 있더라도 매번 아이들 모르게 했기 때문이다. 그래서 학교에서 돌아와 뇨카비가 울고 있는 것을 보았을 때 은조로게는 충격을 받았다. 어머니가 우는 모습을 본 건 딱 한 번 어렴풋이 기억날 뿐이었는데 아마도 카사바* 흉년 때 아니면 그 전이었을 것이다. 지금은 마치 꿈처럼 느껴졌다. 하지만 지금 이 광경은 꿈이 아니었다. 은조로게는 무서워서 집 안에 들어가지 못한 채 꼼짝 않고 있었다. 나이가 들었는데도 여전히 남자답고 키 큰 응고토가 아내 앞에 서 있었다. 은조로게에게는 그의 얼굴이 보이지 않았다. 하지만 눈물에 젖은 뇨카비의 얼굴은 보였다. 이제껏 그토록 안전했던 집에서 진짜 불화를 목격한 은조로게는 두려움에 사로잡혔다.

"내 집에서 나는 남자 대접을 받아야 해."

---

* 감자, 고구마와 비슷한 뿌리채소. 쌀, 참마와 함께 아프리카인들의 주식이다.

"그래요. 남자 노릇 실컷 하고 일자리나 잃으라고요."

"나는 내가 하고 싶은 대로 할 거야. 여태껏 여자한테 명령받아본 적은 없어."

"우리가 굶게 될 거예요……."

"그럼 굶어! 이 파업은 흑인들한테 중요한 거야. 월급을 더 받게 될 거라고."

"우리가 굶는데 흑인들이 뭐가 중요해요?"

"그 입 다물어. 내가 언제까지 백인들과 그 자식들을 위해서 이 고역을 참을 수 있다고 생각해?"

"하지만 그 사람은 돈을 주잖아요. 파업이 실패하면 어떡해요?"

"나를 여자 취급하지 마!" 그가 신경질적으로 소리쳤다. 실패 가능성이야말로 그가 지금 가장 두려워하는 것이었다. 이런 불확신과 두려움의 기색을 감지한 그녀는 그걸 물고 늘어졌다.

"파업이 실패하면 어쩔 거예요. 말해봐요!"

응고토는 더 이상 참을 수 없었다. 뇨카비 때문에 돌아버릴 것만 같았다. 그가 그녀의 따귀를 후려치고 다시 한 번 손을 들어 올린 순간, 말문이 트인 은조로게가 앞으로 뛰어나오며 울부짖었다. "아버지, 제발요."

응고토는 동작을 멈추고 자기 아들을 바라보았다. 그리고 그에게 달려가서 아들의 어깨를 붙잡았다. 아버지의 손길을 느낀 은조로게는 두려움으로 움찔했다. 응고토는 알아들을 수 없는 말을 웅얼거리더니 갑자기 아들을 놓아주고는 시선을 돌렸다. 그리고 밖으로 나갔다.

"어머니!" 은조로게가 뇨카비에게 속삭였다.

"그 사람들은 왜 네 아버지를 홀렸다니? 내 남편은 변했어……."

"어머니, 제발!"

하지만 그녀는 계속 울어댔다.

은조로게는 외로웠다. 뭔가 무겁고 차가운 것이 배를 답답하게 누르는 듯했다. 밤이 되어 별이 빛나기 시작했지만 위안이 되지 않았다. 그는 마당을 걸었다. 어둠은 두렵지 않았다. 므위하키가 있었으면 좋았을 텐데 하고 생각했다. 지금 그녀가 곁에 있었다면 오늘 있었던 일을 죄 털어놓았을 것이다. 파업 움직임이 시작된 도시의 희미한 불빛들이 멀리서 그에게 손짓했다. 그는 대꾸하지 않았다. 그냥 어둠 속에 하릴없이 있고 싶었다. 아버지와 어머니 중에 어느 한쪽이 옳다는 판단을 내릴 수 없었기 때문이다.

잠자리에 들기 전에 그는 무릎을 꿇고 기도했다. "하느님, 저의 사악함을 용서해주세요. 저희 집에 부정함을 들여온 것이 저인지도 모릅니다. 제 죄를 용서해주세요. 아버지와 어머니를 도와주세요. 아브라함, 이삭, 야곱의 하느님이시여, 당신의 자식들을 도와주세요. 저희 모두를 용서해주세요. 아멘.

주여, 파업이 성공할 거라고 생각하세요?"

그는 확답을 원했다. 미래가 오기 전에 엿보고 싶었다. 하느님은 구약에서 자신의 백성들에게 이야기한 적이 있으니 분명 지금도 똑같은 일을 할 수 있을 것이다. 그래서 은조로게는 진지하게, 조용히 귀 기울였다. 그는 잠들 때까지도 계속 귀 기울이고 있었다.

7장

새해 초의 어느 날이었다. 교실은 아이들로 가득했다. 반 전체가 자신의 졸업 여부를 알기 위해 와 있었기 때문이다. 은조로게는 말없이 구석에 앉아 있었다. 므위하키도 마찬가지였다. 그녀는 꽤 덩치 큰 여자아이가 되어가고 있었다. 확실히 은조로게를 처음 학교에 데려다주었던 5년 전과는 달랐다. 둘은 희망과 두려움을 공유했고 은조로게는 자신과 그녀가 비슷하다고 느꼈다. 그녀가 친동생이었더라면 얼마나 좋았을까 늘 생각했다. 구석에 있던 어떤 남자애가 떠들다가 큰 소리로 뭐라고 외쳤지만 그의 친구는 놀고 싶은 생각이 없었다. 그래서 그는 은조로게와 므위하키의 차가운 시선 속에서 다시 자리에 앉았다. 그 광경을 보고 한두 명이 웃었지만 한껏 억누른 소리였다. 무리 지어 앉아 있어도 다들 혼자였다. 그뿐이었다.

이사카 선생님이 기다란 종이 한 장을 가지고 들어왔다. 모두 잠자코 있었다. 은조로게는 오래전부터 이 순간을 위해 마음의 준비를 해왔다. 설사 자기가 낙제하더라도 변하지 않겠노라고 여러 번 다짐했었다. 최선을 다했으니까. 하지만 선생님이 기다랗고 하얀 종이를 훑어보기 시작하자 뛰어가서 책상 밑에 숨고 싶었다. 그때 그의 이름이 들렸다. 졸업자 명단 맨 위에 그의 이름이 있었던 것이다. 므위하키도 호명되었다.

그들은 손을 맞잡고 집을 향해 뛰었다. 서로 대화를 나누진 않았다. 둘 다 얼른 집에 가서 부모님에게 희소식을 전하고 싶었기 때문이다. 은조로게는 어머니에게 아들이 낙제하지 않았다는 사실을 알리고 싶었다. 그는 이제 중학교에 가게 될 터였다. 므위하키네 집 근처에 다다르자 그들은 손을 잡은 채로 잠시 거기에 서 있었다. 그러고는 잡고 있던 손을 놓고 각자 자기 집을 향해 뛰어갔다.

므위하키가 먼저 집에 도착했다. 안에 들어가보니 어머니와 형제들이 전부 모여 있었다. 하지만 그녀는 너무 흥분해 있었기에 그 광경이 이상하다는 사실을 전혀 느끼지 못했다.

"어머니! 어머니!"

"무슨 일이냐?" 그녀는 우뚝 멈췄다. 어머니의 목소리는 차갑고 슬프고 멀게 느껴졌다. 줄리애나는 초점 없는 시선으로 므위하키 쪽을 보더니 거의 적대적이고도 조급한 태도로 말했다. "이번엔 또 무슨 일이니? 말해! 그게 아니면 왜 그렇게 뛰어 들어온 거야?"

"아무것도 아니에요." 므위하키가 조용히 말했다. "그냥 저 졸업하게 됐다고요." 그녀의 목소리에는 자신의 성과에 대한 자랑스러움이 전혀 없었다.

"그게 다야? 네 언니 루시아는 아직 학교에 있니?"

그리고 줄리애나는 울음을 터뜨리며 혼잣말을 했다. "내가 그런 아호이는 위험하다고 항상 말했건만. 하지만 남자는 뒤늦도록까지 절대 여자 말을 귀담아듣지 않지. 내가 가지 말라고 했는데. 그런데도 안 들어먹더니!"

"무슨 일이에요, 어머니?" 므위하키가 걱정스럽게 물었다.

"그래, 이제야 물어보는구나. 내가 늘 말했지? 네 아버지는 결국 살해당할 거라고!"

"아버지가 돌아가셨어요?" 므위하키가 울음을 터뜨렸다.

아무도 그녀에게 확답해주지 않았다.

한편 은조로게도 집에 도착했다. 남녀노소가 무리 지어 마당에 서 있었다. 어떤 사람들은 아버지의 오두막을 향해 서 있었고, 또 어떤 사람들은 장터를 향해 서 있었다. 그런데 어머니는 어디 계시지? 어머니는 자신의 오두막에 있었다. 그녀는 등받이가 없는 낮은 의자에, 그리고 마을 여자 두 명이 그 옆에 앉아 있었다. 그들은 말없이 가만있다가 시선을 마당 쪽으로 돌렸다. 뇨카비의 얼굴은 어두웠고 이따금 흐느낌으로 어깨가 들썩였다. 은조로게의 의기양양한 기쁨은 사라지고 말았다.

"무슨 일이에요, 어머니?" 그는 혹시 누가 죽었을까 봐 두려웠다.

어머니가 고개를 들어 그를 보았다. 은조로게의 몸이 부르르 떨렸다. 밖에서는 더 많은 남녀가 마당으로 밀려들었다. 그중 몇몇은 낮은 목소리로 얘기하고 있었다.

"파업 때문에 그래!" 한 여자가 그에게 말했다. 그러자 은조로게도 물론 기억해냈다. 오늘이 바로 결전의 날, 온 고장을 마비시키기 위해 계획된 파업일이었음을.

많은 사람들이 파업 첫날 열린 모임에 참석했다. 그들은 이동하는 개미 떼처럼 모임 장소로 몰려들었다. 오늘이 흑인들에게 중요한 날임을 모두가 알고 있었다. 응고토도 모임에 갔다. 이 모임이 더 나은 것들을 향한 첫걸음이 아니라고 누가 말할 수 있을까? 또 하울랜즈 밑에서 계속 일하는 것이 나중에 백인들과 합의할 때 과연 도움이 될까? 그는 이렇게 스스로를 위안했다. 뇨카비의 말이 여전히 뇌리에 남아 있었기 때문이다. 이발사가 와서 그의 옆에 앉았다. 그는 여기서도 쉴 새 없이 떠들며 사람들을 웃겼다. 나이로비에서 온 연사들 중에는 보로와 키아리에도 있었다. 보로는 나이로비에서 평생 직장을 구하는 대신, 정치에 투신했다. 응고토는 그런 거물들과 함께 앉아 있는 아들을 보면서 자부심 비슷한 감정을 느꼈다. 여기 오길 잘했다는 생각이 들었다.

키아리에가 먼저 낮고 슬픈 목소리로 역사에 대해 이야기했다. 이곳의 땅은 모두 사람들, 즉 흑인들의 것이다. 신이 그들에게 주었다. 모든 민족에게는 그들 소유의 땅이 있기 때문이다. 인도인들에게는 인도가 있다. 유럽인들에게는 유럽이 있다. 그리고 아프리카인들에게는 흑인들의 땅인 아프리카가 있다. (박수) 이 지역의 모든 땅이 키쿠유와 뭄비와 그 후손들에게 주어졌음을 모르는 사람이 누가 있나? (또다시 박수) 그는 그들이 어떻게 땅을 빼앗겼는지 이야기했다. 성경과 칼을 통해서였다고 말했다. "그래요. 여러분의 땅은 그렇게 뺏긴 겁니다. 성경은 칼이 들어올 길을 터주었죠." 그리고 그렇게 된 원인은 이방인을 불쌍히 여겨 두 팔 벌려 환영하고 공동체 안에 들인, 조상들의 어리석은 관대함이라며 비난했다.

"훗날 우리 조상들은 첫 번째 '큰 전쟁'에 끌려가서 뭘 위해 싸우는지도 모르는 전쟁을 도왔습니다. 그리고 그들이 돌아왔을 때는 어떻게 됐나요? 그들의 땅은 이미 백인 병사들의 정착지로 쓰이기 위해 빼앗긴 뒤였습니다. 그것이 정당한 일이었나요? (아니요!) 조상들은 정착민들을 위해 끌려가서 일해야 했습니다. 땅을 뺏긴 그들과 아내들이 자신들을 위한 것이 아닌 정부에 무거운 세금을 내야 했을 때 달리 무엇을 할 수 있었을까요? 사람들은 자신들의 권리를 외치기 위해 일어났지만 무시당했습니다. 그래도 세리칼리와 정착민들은 여전히 만족하지 않았습니다. 두 번째 '큰 전쟁'이 일어났을 때 우리는 끌려가서 히틀러, 우리에게 아무런 잘못도 하지 않은 히틀러와 싸웠습니다. 우리는 전사했고, 대영제국이 패배하고 무너지지 않도록 피 흘렸습니다." 그제야 신은 그들의 절규와 고난을 들었다. 그리고 신이 보낸, 조모라는 이름의 사내가 나타났다. 그는 백인 파라오에게 "내 백성을 보내라!"라고 말할 수 있는 권능을 신에게서 받은 검은 모세였다.

"우리는 영국인들에게 그 말을 하기 위해 여기 모였습니다. 오늘 우리는 한목소리로 일어나 외쳐야 합니다. '이제 때가 왔다. 내 백성을 보내라. 내 백성을 보내라! 우리 땅을 돌려달라! 지금 당장!'"(흥분된 박수)

응고토는 배 속이 텅 빈 듯한 느낌을 받았다. 그래서 꼼짝없이 앉아 있느라 박수를 칠 수 없었다. 그는 바닥에 앉은 채, 고함치고 박수 치는 인물들을 올려다보았다. 하지만 모든 것이 안개에 싸인 듯 흐릿해 보였다. 내가 울고 있나? 주위 물체들이 회색빛에서 푸른빛으로, 그다음엔 완전히 검은빛으로 변했다. 그것은 검은 스웨터들이었다. 그는 눈을 비볐다. 여전히 검은 스웨터들이 보였고 이제는 다가오고 있었다. 그 순간 그는 자신이 꿈꾸고 있지 않음을 알았다. 경찰이 회중을 에워쌌던 것이다.

키아리에가 큰 소리로 말하고 있었다…….

"잊지 마세요. 이것은 평화 시위여야 합니다. 우리는 돈을 더 받아야 해요. 정당한 권리인 만큼 반드시 승리할 겁니다. 오늘은 맞더라도 받아치지 마세요……." 백인 경위 한 명이 단상에 올라가 있었다. 그리고 그 옆은…… 자코보였다! 처음에 응고토는 이해하지 못했다. 모든 게 이상했다. 자코보가 입을 열더니 사람들에게 직장으로 돌아가라고, 당신들이 일자리를 잃어도 아무것도 잃을 게 없는, 나이로비에서 온 사람들 말을 듣지 말라고 종용하기 시작했을 때에야 비로소 응고토는 이해했다. 영국인들이 군중을 진정시키기 위해 이 근방에서 가장 부유한 자코보를 데려온 것이었다. 모두가 조용히 그의 말을 들었다. 하지만 그때 응고토에게 이상한 일이 일어났다. 자코보가 흑인들에 대한 배신의 화신이라는 사실이 한순간에 확고해졌다. 오랜 세월에 걸친 그들의 기다림과 고통이 물리적으로 구체화된 형태였던 것이다. 자코보는 '배신자'였다. 응고토는 일어섰다. 그리고 모두가 무슨 일인지 어리둥절해하며 지켜보는 가운데 단상을 향해 나아갔다. 그는 자코보 가까이에 멈춰 섰다. 이제 상황은 이 두 사람, 즉 백인 편에 선 자코보와 흑인 편에 선 응고토 사이의 싸움으로 바뀌었다.

순식간에 벌어진 이 모든 일에 사람들은 깜짝 놀랐다. 그러고는 갑자기, 응고토에게 이끌리기라도 한 것처럼 자리에서 일어나 자코보에게 달려들었다. 경찰이 즉시 대응하여 최루탄을 던지고 군중을 향해 발포했다. 두 명이 쓰러지자 공황 상태에 빠진 사람들은 뿔뿔이 흩어졌다. 응고토의 용기도 사라져버렸다. 그는 군중 속에서 길을 잃었다. 어디로 가는지도 모른 채 정신없이 내달렸다. 단지 자기 목숨을 구하고 싶을 뿐이었다. 경관에게 곤봉으로 얼굴을 맞아서 피가 나는데도 멈추지 않았다. 사실 그는 피가 나는 줄은 모르고 뭔가 따뜻한 것이라고만 느끼고 있었다. 그렇게 미친 듯이 뛰어서 안전한 곳에 다다르자 비틀거리며 의식을 잃고 쓰러졌다. 거기서 마을 사람들이 오늘의 영웅인 그를 발견하여 집으로 데려왔던 것이다.

"아버지, 돌아가시는 거야?" 이야기를 다 들은 은조로게가 카마우에게 물었다.

"아냐! 그렇게 심한 상처는 아니야. 하지만 피를 많이 흘리신 것 같아."

"왜 그러신 거야? 그러니까, 자코보 아저씨를 공격한 거 말이야."

"나도 몰라. 우린 그냥 아버지가 일어나시는 걸 봤어. 아버지는 자코보 근처에 다다르자 뒤돌아서더니 모두에게 '일어나시오'라고 외치셨어. 아마 감정에 휩쓸리셨던 것 같아. 하지만 우리 모두가 그랬지. 아버지가 그런 목소리를 내실 수 있는지 몰랐어."

잠시 침묵이 흘렀다. 카마우는 당시를 회상하고 있는 것 같았다. 사람들이 하나둘 마당을 떠나기 시작했다.

"자코보 아저씨는 왜 그런 걸까?"

"그자는 흑인들의 적이야. 남들이 자기만큼 부자가 되는 걸 원치 않거든."

자코보는 어쩌다 이번 일에 연루된 것인가? 이 질문에 확신을 가지고 대답할 수 있는 사람은 거의 없었다. 정부와 이 근방의 정착민들에게는, 자코보가 부자라서 사람들에게 큰 영향력을 행사한다고 알려져 있다는 사실을 아는 사람 또한 거의 없었다. 물론 하울랜즈 씨를 포함한 이 지역 백인들에게 그 이야기를 주지시킨 사람은 자코보였다. 그런데 지금껏 한 번도 진지하게 생각하지 않았던 이 얘기가, 그런 사람이 필요한 때가 닥치자 불현듯 그들에게 떠올랐던 것이다. 자코보는 편리한 사내였다. 경찰이 자신들을 도우라고 그를 부르자 자코보는 거절할 수 없었다. 그리고 잠시 동안 자기가 성공했다고 생각했다. 그런데 그때 빌어먹을 응고토가 나타나서 모든 것을 망쳐버렸다.

자코보는 심하게 다치진 않았다. 경찰이 제때 대응한 덕이었다. 그러지 않았다면 아마 갈가리 찢겼을 것이다. 공격이 계속되는 동안에는 정말로 죽을 것만 같았다. 그는 아내 말을 들을 걸 그랬다고 생각했다.

많은 사람들이 이발소에 모여 있었다. 그날 응고토 옆에 앉아 있었던 이발사가 사건 전체를 처음부터 다시 들려주고 있었기 때문이다. 소동이 있었던 날로부터 며칠이 지났을 때였다.

"그 노인은 용감해요."

"확실히 그렇지."

"많이 다쳤나요?"

"아니요, 피가 많이 나긴 했지만."

"도대체 왜 그런 거예요? 그 사람 행동 때문에 두 명이 죽었어요."

"아, 거기 있던 사람 누구라도 그랬을 거요! 바로 옆에 앉아 있던 내가 그랬을 수도 있다고. 백인이면 몰라도 형씨들이나 나와 같은 흑인이 그러는 꼴을 어찌 가만히 보고 있겠소! 이번 일은 우리 흑인들이 절대 뭉칠 수 없다는 걸 보여주는 증거요. 우리 중에는 늘 배신자가 있을 거요."

"맞아, 맞아!" 몇몇 목소리가 동의했다.

"남들이 잘되길 원하지 않는 사람은 어디에나 있는 법이죠……." 이발 중이던 젊은이가 끼어들었다.

이발사가 덧붙였다. "거 말 한번 잘했소. 자코보는 부자요. 형씨들도 자코보가 제충국 키우는 걸 처음으로 허락받은 흑인인 건 다들 알 거요. 그치가 자기 같은 사람이 또 생기길 원했을 것 같소? 게다가 애초에 남들은 다 거절당한 걸 어떻게 혼자만 허락받았겠소?" 아무도 대답하지 못했다. 그러자 이발사는 손에 든 이발기를 멈춘 채 한동안 가만있었다. 그러다가 모든 것에 통달한 태도로 선언하듯 말했다. "우리를 그들에게 팔아넘기기로 약속했기 때문이지."

"그래! 그래!" 이번에도 몇몇 목소리가 동의했다. 그때 중년의 한 대머리 사내가 슬프게 고개를 내저으며 말했다. "어쨌든 응고토에게 일어난 일은 참 안됐소. 자코보가 땅을 떠나라고 했다니까."

"땅을 떠나라고 했다고요?"

"그으렇다니까아아!"

"하지만 자코보가 이전 주인에게서 그 땅을 사기 전부터 응고토는 거기 살았는데요."

"그건 자코보 땅이에요. 그 땅을 가지고 뭘 하든 그 사람 자유죠."

이 말을 한 사내는 조금 전 무리에 끼어든 신식 젊은이였다. 사람들이 화를 내며 그를 공격했다.

"하지만 그건 관습에 반하는 일이 아니오? 게다가 엄밀히 말해 이전 주인이 그 땅을 자코보한테 판 것도 아닌데……."

그때 멀리서 경찰관 한 명이 보였다. 인파는 순식간에 흩어졌다. 이발사만 홀로 남았다. 이 무렵에는 많은 사람들이 파업이 실패했음을 알고 있었다.

응고토에게 새 집 지을 땅을 빌려준 사람은 응강가였다. 이 일을 통해 은조로게는 응강가의 거친 외모와 노골적인 뻔뻔함 속에 따뜻한 마음이 숨어 있음을 알게 되었다. 응강가를 향한 오랜 미움도 사라졌다. 이제는 카마우조차도 응강가를 열렬히 칭찬하게 되었다.

하지만 이 모든 것이 은조로게에게는 힘든 시기를 뜻했다. 새 오두막집을 짓는 데 돈이 많이 들어가는데, 응고토는 이미 정착민 구역의 일자리를 잃었기 때문이었다. 정규 5학년이 되어 중학교에 다니게 된 아이들은 월사금도 더 많이 내야 했다. 거기다 새 교사를 지을 돈까지 내야 했다. 새 학교는 돌로 지어질 예정이었다. 은조로게에게는 돈이 없었다. 므위하키는 멀리 떨어진 여자 기숙학교로 가버렸다. 그녀는 계속 학교를 다니겠지만, 은조로게는 다니지 못할 것이다. 그 사실이 그는 마음 아팠다. 그는 매일매일 기도했다. 내 꿈을 실현하려면 어떻게 해야 할까? 개학한 지 3주째 되던 월요일에 그는 집으로 돌려보내졌다. 돌아오는 길에 그는 울었다.

그런데 하느님이 그의 기도를 들었다. 카마우의 월급이 30실링으로 올랐던 것이다. 그는 이 돈을 은조로게에게 주었다. 나머지는 코리가 냈다. 은조로게는 기뻤다. 그는 이제 계속해서 학교에 다니게 됐다.

막간

정확히 2년 반 뒤 나이로비가 내려다보이는 어느 언덕 위에, 환멸에 빠진 정부 관리가 서 있었다. 그는 홀로 자신이 곧 떠나게 될 고장을 바라보고 있었다.

왜 놀란 표정으로 거기 서 있나?

이렇게 될 줄은 몰랐거든.

하지만 어느 정도 예상은 했잖아?

아니, 예상 못 했어.

예상했어.

못 했다니까!

하지만······.

못 했다잖아. 우린 최선을 다했어.

그는 화난 듯이 땅바닥을 발로 쿵쿵 구르며 걸어가버렸다.

"우리가 녀석들에게 해준 일들을 생각해보라고." 그가 말했다. 이 관리와 같은 부류의 이들이 건설을 도왔던 말 없는 도시가 그를 쳐다봤다. 저쪽 끝, 말썽의 중심인 그곳에는 평안이라곤 없었다.

"형, 그 얘기 들었어?"

"아니!"

"무슨 얘긴지 물어보지도 않았으면서."

"애들이 밥 달라고 운다."

"하지만 무랑아에서 무슨 일이 있었는지 듣고 싶지 않아?"

"아, 무랑아. 참 먼 곳이지……."

"어떤 치프*가 살해당했대."

"오! 그게 다냐? 네 형수가 기다려."

"하지만 아주 흥미진진한 얘기라고……."

"그럼 이따 저녁에 들으러 갈게."

"알았어. 그렇게 해. 다른 사람들도 올 거야. 나한텐 라디오도 있다고."

"네 형수가 부른다. 잘 있어라."

"잘 가."

"대단한 치프였대."

"자코보만큼?"

"아니. 더 거물. 총독하고 식사도 했다던걸."

"정말 대낮에 살해당했어?"

"응. 아주 대담한 놈들이었어."

---

* 칭호를 가진 사람의 이름 앞에 붙이는 말로, 족장이나 촌장을 부르던 호칭에서 유래했다. 영국에서 기사 작위를 가진 사람의 이름 앞에 Sir를 붙이는 것과 같다.

"처음부터 다시 얘기해봐."

"어이, 아줌마, 거기 장작도 좀 더 집어넣고 등불도 켜. 어두워지고 있으니까……. 자, 내 말 좀 들어봐. 치프는 땅을 많이 가진 거물이었어. 전부 총독한테서 받은 땅이었으니 아마 흑인들을 팔아넘겼겠지. 괴한들은 차에 타고 있었어. 치프도 차에 타고 있었지. 두 명이 나이로비에서부터 쭉 따라왔대. 한적한 시골에 들어서자 괴한들은 치프의 차를 앞지르더니 세우라고 손짓을 했어. 치프는 차를 세웠지. '누가 치프냐?' '내가 치프요.' '그럼 저것과 저것을 가져가. 그리고 저것도.' 그들은 치프를 쏴 죽인 후 차를 몰고 달아났어……."

"벌건 대낮에?"

"벌건 대낮에. 라디오에서 그러더라고."

"요즘 녀석들이란."

"아주 대담해. 백인들한테서 배운 수법일 거야."

"뉴스 할 시간 다 됐다. 뭐라고 하나 들어보자고……."

"쉿!"

어느 날 밤 사람들은 조모와 이 땅의 모든 지도자들이 체포됐다는 소식을 들었다.* 국가비상사태가 선포됐다.

"하지만 조모를 체포할 순 없어." 이발사가 말했다.

"그럴 순 없죠."

"그들은 우리를 이끌 지도자가 없어지길 바라는 거요."

---

* 1952년 영국은 키쿠유족이 조직한 반영 테러 단체 마우마우단의 실질적 배후라는 명목으로 조모 케냐타를 체포했다. 케냐타는 마우마우단과의 연관성을 부인했다.

"맞소. 우리를 억누르려는 거지." 이발사가 말했다. 평소와 달리 활달한 말투가 아니었다.

"국가비상사태가 뭡니까?" 한 사내가 물었다.

"나 참, 바보 같은 질문 하지 마시오. 당신은 말라야** 얘기도 못 들었소?"

"말라야가 어쨌는데요?"

"거기서 국가비상사태가 선포됐거든."

은조로게는 조모의 체포 소식을 들었을 때 조금 짜증이 났다. 케냐*** 전역에서 유명한 이 사내를 만날 생각을 오래전부터 품어왔기 때문이다. 그는 아직도 KAU****가 장터에서 열었던 모임을 기억했다. 그것은 실패한 파업 날로부터 여러 달 후의 일이었다. KAU는 위야티*****와 빼앗긴 땅의 반환을 원하는 흑인들의 단체였다. 이 단체는 흑인들의 임금 인상과 인종차별 정책의 철폐도 원했다. 은조로게는 나이로비에 사는 형들로부터 인종차별 정책에 관해 들은 적이 있었지만 그게 정확히 무엇인지는 알지못했다. 하지만 파업이 인종차별 정책 때문에 실패했다는 건 알았다. 흑인들에게 땅이 없는 것도 인종차별 정책 때문이었고, 호텔에서 식사할

** 1895년부터 1957년까지 영국의 식민지였다. 이후 몇몇 주(州)의 분리 및 통합을 거쳐 1965년 현재의 말레이시아가 되었다.

*** 1920년 영국이 동아프리카 보호령을 식민지로 전환하면서 이 지역에서 가장 높은 산인 케냐 산의 이름을 따서 처음 '케냐'라는 이름을 붙였다. 이전에는 작은 술탄국(왕국)이 군데군데 있었을 뿐 국가라는 개념이 존재하지 않았다.

**** 케냐 아프리카인 동맹. 1942년 키쿠유족을 중심으로 결성된 온건 성향의 독립 운동 단체. 조모 케냐타가 KAU의 수장이었다.

***** 자유.

수 없는 것도 인종차별 정책 때문이었다. 인종차별 정책은 어디에나 있었다. 부유한 아프리카인들도 자기보다 가난한 아프리카인들에게 인종차별 정책을 적용할 수 있었다…….

그날 은조로게는 일찍 장터에 갔었다. 하지만 이미 많은 사람들이 그곳에 도착해서 시야를 가리고 있었다. 됐어, 조모는 다음에 보지, 뭐.

하지만 이제 조모는 체포되고 말았다.

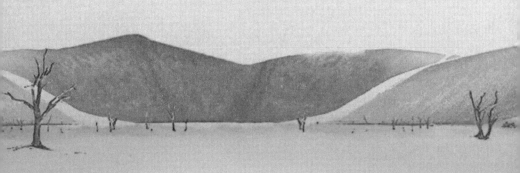

2부

어둠이 내리다

8장

니에리와 무랑아에서 일어나는 일들에 관한 이야기가 시중에 나돌았다. 니에리와 무랑아는 은조로게네 집에서 먼 곳이었지만 그도 흥미로운 이야기 몇 가지를 들었다. 그런 이야기를 재미있게 하는 아이들 덕이었다. 이야기에 귀 기울이면서 은조로게는, 카란자 같은 애들은 어떻게 해서 그렇게 많은 이야기를 알게 된 걸까 궁금했다.

"더 들려줘."

"그래. 그다음엔 어떻게 됐어?"

"그가 니에리 경찰서로 편지를 보낸 건 너희도 알 거야. '나, 아프리카 해방군 대장 데단 키마티는 일요일 오전 10시 30분에 너희를 방문할 것이다.' 니에리의 병력을 강화하기 위해 나이로비에서 많은 경찰관들이 불려 왔어. 아무도 집에서 나오지 못하게 통금이 낮까지 연장됐지. 데단이 오면 쉽게 체포할 수 있도록 모든 병사가 경계 태세였어. 그런데 바로 그 일요일 10시 30분에 커다랗고 낡은 오토바이를 탄 백인 경위가 파출소에 왔어. 그는 키가 컸고 옷차림이 말쑥했지만 굉장히 사나워 보였지.

모든 경관들이 차려 자세로 서 있었어. 그는 한 명 한 명을 꼼꼼히 살펴면서 꼭 데단을 잡길 바란다며 행운을 빌어줬어. 그리고 그 일을 다 마치자 자기 오토바이가 잘 굴러가지 않는다고 말했지. 내가 지금 급하게 나이로비에 가야 하는데 혹시 다른 오토바이를 내줄 수 있나? 그들은 내줬어. 그는 새 오토바이를 타고 가버렸지. 그리고 경찰은 계속해서 데단을 기다렸어."

"데단이 왔어?"

"말 자르지 마. 계속해, 카란자." 몇 명이 외쳤다.

"뭐, 그 일요일에 또 나타난 사람은 아무도 없었어. 모두 화가 났지. 다음 날 그들은 날아가는 비행기에서 떨어뜨린 편지를 받았어."

"편지에 뭐라고 적혀 있었는데?"

카란자는 다 안다는 듯한, 으스대는 태도로 그들 모두를 쭉 둘러보았다. 그러고는 천천히 말했다. "그 편지는 데단이 보낸 거였어."

"하!"

"자기를 기다려주고 더 좋은 오토바이를 내줘서 경찰한테 고맙다고 썼지."

"그럼 그 경위가 사실은 데단이었단 말이야?"

"그래."

"하지만 그 사람은 백인이었다며?"

"그게 중요한 거야. 데단은 무엇으로든 변장할 수 있어. 백인, 새, 나무도 될 수 있지. 비행기로 변신할 수도 있어. 그게 다 '큰 전쟁' 때 배운 거래."

은조로게는 학교 건물을 나왔다. 그가 이 중학교에 다닌 지도 벌써 2년이 지났다. 힘든 집안 사정에도 불구하고 그는 어찌어찌하여 학교를 계속 다닐 수 있었다. 그리고 마찬가지의 요행으로 결국 자신이 원하는 것을 얻게 될 터였다. 그는 집으로 가면서 계속 카란자의 이야기를 생각했다. 당연히 과장되었겠지만 진실된 요소도 포함되어 있을 것임을 알 수 있었다. 더 이상한 일이 일어났다는 이야기도 들은 적이 있었기 때문이다. 키마티가 정말 굉장한 일을 할 수 있다고 아버지와 카마우가 말하는 것을 들은 적이 있었다. 백인들의 삼엄한 경계를 매번 빠져나가는 것으로 보아 확실히 대단한 사람임에는 틀림없었다.

마침내 집에 도착했다. 급하게 지은 오두막 세 채가 그의 앞에 서 있었다. 이곳이 그의 새로운 집, 자코보의 땅을 떠나야 했던 때부터 살아온 집이었다. 참으로 힘든 세월이었다. 응고토는 실업자였고, 보로는 전보다 더 내성적인 성격으로 변했다. 코리와 카마우가 아니었다면 그들이 어떻게 살았을지 알 수 없었다. 자코보는 치프가 되었다. 그는 이히이 키아 무티투(숲의 자유 청년단)로부터 스스로를 보호하기 위해 항상 총을 찬 경관 한두 명을 대동하고 다녔다. 치프 자코보는 이 오두막 저 오두막을 확인하며 순찰을 돌았다. 때로는 새로 임명된 지방관과 함께 다니기도 했는데 사실 그 사람은 하울랜즈 씨였다.

마당의 작은 덤불은 밖에서 안이 그대로 들여다보이지 않게 해줬다. 그의 등 뒤로 펼쳐진, 새 지주 응강가의 땅은 완만하게 경사져 내려가다가 한참 밑에 있는 유칼립투스 몇 그루와 만났다. 중학교가 집에서 8킬로미터나 떨어져 있었기 때문에 은조로게는 몹시 피곤했다. 그 먼 길을 처음부터 끝까지 걸어서 가야 했기 때문이다. 이 땅에 사는 수천 명의 소년 소녀에게 교육이란 그런 것이었다. 워낙 학교 수가 적었기에 띄엄띄엄 떨어져 있을 수밖에 없었다. 선교단과 절연 후에 키쿠유족이 카링아에 세운 자립형 학교들이 정부에 의해 폐교되면서 상황은 더 나빠졌다.

마당에는 아무도 없었다. 해는 이미 졌는데, 땅거미가 질 때부터 완전히 깜깜해지기 전까지 늘 불던 저녁 바람은 없었다. 사위가 거짓말처럼 고요해 보였다. 은조로게는 어둠이 밀려오기 전의 이 조용한 분위기에 마음이 어수선해서 잠시 가만히 서 있었다. 처음에는 아무 소리도 들리지 않았다. 그런데 그가 귀를 쫑긋 세우자 은제리의 오두막에서 웅얼거리는 목소리가 들렸다. 굉장히 춥고 어두웠다. 음식의 흔적이 아무 데서도 보이지 않자 한층 더 춥고 배고파졌다.

그는 은제리의 오두막으로 들어갔다.

온 가족이 거기 모여 있었다. 은조로게는 아버지의 어두운 얼굴을 보았다. 파업 이후로 그의 얼굴은 늘 찌푸림에 가까운 표정을 하고 있었다. 그 뒤로는 카마우가 기둥에 기대서 있었다. 더 안쪽의 침대에 앉은 채 그늘진 구석에 숨어 있는 것은 두 어머니였다. 불쑥 들어간 은조로게는 방 안의 우울함에 즉시 압도되었다.

"앉아라!" 응고토가 조용히 그에게 명령했다. 은조로게는 이미 앉을 준비를 하고 있었기에 불필요한 명령이었지만. 그는 앉으면서 시선을 왼쪽으로 돌렸다. 그곳에, 오두막을 가르는 작은 벽이 드리운 그림자 속에 숨어 있던 사람은 보로 형이었다. 보로 형을 집에서 보는 것은 몇 달 만이었다.

"아, 미안. 잘 지냈어?"

"잘 지내고말고. 학교는 어때?" 보로는 항상 은조로게의 학업에 유달리 관심을 보였다.

"아주 좋아. 나이로비는 어때? 코리 형도 잘 있지?"

"오, 이 녀석아. 당연히 잘 있길 바라야지!" 이렇게 대꾸한 사람은 아버지였다. 은조로게는 두려운 표정으로 보로를 쳐다봤다. 침묵이 흘렀다.

은제리가 말했다. "코리가 무사할 것 같니?"

"모르겠어요. 혼자 있진 않아요. 여러 명과 같이 있어요."

"그러니까 다른 사람들이 어디로 끌려갔는지는 모른다고……."

"그래요." 그는 계속 바닥만 보고 있다가 기우뚱한 자세로 일어났다. 약간 흥분한 상태였다. 그러다 다시 앉으면서 거의 우는 듯한 목소리로 말했다. "만약에 그들이, 아, 만약에……."

은조로게는 보로가 미쳤다고 생각했다. 그런데 바로 그 순간 문이 열리더니 코리가 비틀거리며 들어왔다. 초췌하고 뭔가에 홀린 듯한 얼굴을 한 채 거의 고꾸라지다시피 했다.

"무슨 일이니?" 두 여자가 동시에 외쳤다.

"물이랑 먹을 것 좀 주세요." 그가 헐떡이며 말했다. 그리고 잠시 후 놀란 청중에게 자기 이야기를 들려주기 시작했다. 하지만 그 전에 먼저 웃음을 터뜨렸다.

"엄청, 엄청 많은 사람들이 감옥에 갈 거예요. 안타깝지만!" 그러곤 보로를 돌아보며 말했다. "그러니까 도망친 세 명 중 한 명이 형이었던 거야?"

"다섯 명이었어."

"놈들은 도망친 사람들이 테러리스트라고 했어."

"넌 어떻게……?"

"벌판으로 끌려간 후에 형을 시야에서 놓쳤어. 형이 탈출하고 나자 경찰은 감시를 더 삼엄히 하면서 몇 명을 때리기도 했지. 우리는 동트기 전에 트럭에 올랐어. 어디로 가는지 알 수 없었지. 난 우리가 죽을지도 모른다고 생각했어. 숲이 가까워지면서 내가 탄 트럭이 속력을 줄이기 시작하자 그 예감은 더욱 강해졌지. 그 순간 뛰어내려야 한다는 생각이 들어서 그렇게 했어. 놈들이 깜짝 놀라 미처 총을 쏘지 못하는 사이에 숲 속으로 사라졌지. 내 무릎을 봐……."

그들은 코리 주위로 모여들었다. 깊은 생각에 잠긴 보로를 제외한 모두가. 무릎에 매인 더러운 천 조각을 코리가 풀자 모래알이 박힌 곳을 볼 수 있었다.

"하, 하! 놈들이 나를 쫓아왔는지는 모르겠어. 나도 형처럼 며칠 동안 걷기만 했거든. 중간에 트럭을 얻어 타긴 했지만."

"그 사람들은 왜 흑인들을 괴롭히는 거니?" 은제리가 비통하게 물었다. 그녀는 늙어가고 있었다. 가난과 고생으로 점철된 세월이 걱정으로 인해 한층 더 무거워지고 있었다. 하지만 방금 그녀의 마음은 조금 가벼워졌다.

그들은 밤 깊도록 낮은 목소리로 속삭였다.

"놈들은 조모가 나오기 전에 사람들을 압박하고 싶어 해요. 조모가 재판에서 이기리란 걸 아니까. 그래서 두려운 거죠." 코리가 설명하고 있었다.

"조모가 이기면 갇혀 있던 사람들도 모두 풀려날까?"

"아, 그럼요. 전부 다 풀려날 거예요. 그리고 위야티가 찾아오겠죠."

응고토는 별로 말이 없었다. 그가 구석에 앉아 있었기 때문에 은조로 게는 그들이 하는 얘기를 아버지가 듣고 있는지 안 듣고 있는지 알 수가 없었다. 응고토는 변하고 있었다. 파업 직후에 보로는 아버지와 많이 싸웠다. 그는 키아리에가 경고했음에도 아버지가 경솔한 행동을 해서 모든 것을 망쳤다고 비난했다. 보로는 확실히 응고토를 경멸하고 있었다. 하지만 예의 두 번 외에 그것을 말로 표현한 적은 없었다. 그때 이후로 그는 더욱더 응고토에게 비판적이 되었다. 그 결과 응고토는 심리적으로 위축돼서 아들들이나 친구들과 얘기할 때마다 곧잘 방어적인 태도로 한 걸음 물러서 있곤 했다. 몇 달 동안 그는 계속 그런 태도를 취했고 주저 없이 아들 말에 수긍하는 일이 잦았다. 그래서 보로는 자기가 아버지를 완전히 굴복시켰다고 생각했다. 하지만 응고토는 완강히 버텼다. 그는 아들의 손 혹은 지시에 의해 마우마우단 서약을 하지는 않겠다고 했다. 두 사람 사이에 격렬한 언쟁이 벌어졌고 보로는 오랫동안 집에 돌아오지 않았다.

9장

다들 조모가 이기리란 걸 알고 있었다. 하느님이 당신의 자식들을 내 버려두실 리 없었기 때문이다. 이스라엘의 자손들이 이겨야 마땅했다. 이 최종적인 승리에 모든 희망을 건 사람이 많았다. 조모가 지는 것은 케 냐의 흑인들이 졌다는 의미였다. 그의 변호인단 가운데는 영국에서 온 변호사들도 있었다.

판결이 내려지기 전날, 키팡가와 주변 지역에는 많은 비가 내렸다. 온 고장 사람들이 기뻐했다. 비는 좋은 징조였기 때문이다. 재판을 받는 것 은 흑인들이었다. 데미 나 마타티*의 후손인 흑인들의 정신이었다. 과연 승리할 것인가? 이 질문에 대한 대답이 점점 불확실해져가면서 사람들 은 두려움에 휩싸였고, 반드시 승리가 뒤따를 거라고 더욱더 공격적으로 주장하게 되었다.

---

* 태초에 두 세대에 걸쳐 존재했던 키쿠유족의 거인들. 조상들의 혼령과 교감했고 나무를 베어 경작 지를 만들었으며 무룽구에게 소, 양, 염소를 곧잘 제물로 바치곤 했다.

학교에서도 작은 언쟁이 이어졌다. 발단은 카란자였다. 카란자는 마사이족의 땅 옆에 있는 은데이야에서 온 아이였다. 그가 말했다. "조모가 반드시 이길 거야. 유럽인들은 그를 두려워하거든."

"아니. 이기지 못할 거야. 어젯밤에 우리 아버지가 그러셨어."

"너희 아버지는 시민군이잖아." 다른 소년이 쏘아붙였다. 그리고 두 소년은 말다툼을 하기 시작했다. 곧이어 다른 곳에서 또 다른 토론이 시작됐다.

"시민군은 백인 주인을 섬기지. 그들은 마우마우단만큼이나 나빠."

"아냐. 마우마우단은 나쁘지 않아. 자유 청년단은 백인 정착민들과 싸우고 있다고. 자기 땅을 지키기 위해 싸우는 게 나쁜 거야? 어디 한번 말해봐."

"하지만 그들은 흑인들의 목도 베었어."

"목이 베인 건 배신자들이야! 검은 백인 정착민들이라고."

"마우마우단이 뭐야?" 은조로게가 물었다. 그는 마우마우단이란 이름을 지금 처음 들었고, 무식하다는 소리를 들을지 모른다는 두려움보다 호기심이 앞섰던 것이다.

방금 이 무리에 끼어든 카란자가 말했다. "그건 비밀 키아마**야. 서약을 '마시'면 회원이 되지. 키아마에 속한 병사들은 이 땅을 위해 싸우고 있어. 그 대장이 키마티고."

"조모가 아니라?" 한쪽 눈이 나쁜, 키 작은 소년이 물었다.

"나도 몰라." 카란자가 말을 이었다. "하지만 아버지 말씀으로는, 키마티는 아프리카 해방군의 대장이고 조모는 KAU의 지도자래. 나는 KAU는

** 결사.

좋지만 마우마우단은 무서워."

"하지만 다 같은 편 아냐? 흑인들의 자유를 위해 싸우는 거잖아." 이 말을 한 것은 키는 큰데 허약한 소년이었다. 그가 멍한 눈빛을 한 채 말했다. "나도 숲에서 싸우고 싶어."

모든 시선이 그를 향했다. 그가 굉장히 심오한 말을 한 것만 같았다. 혹은 그들 대부분이 느끼고 있던 것을 그가 말로 표현한 듯했다. 엄숙한 분위기가 그들의 머리 위에 내려앉았다. 그때 한 아이가 침묵을 깨고 이렇게 말했다. "나도 싸우고 싶어. '큰 전쟁' 때 영국인들을 위해 싸운 아버지가 그랬던 것처럼 커다란 총을 들고 다니고 싶다고. 물론 나는 흑인들을 위해 싸우게 되겠지만……."

"흑인 만세! 흑인들에게 승리를!"

"조모 만세! 조모에게 승리를……."

"어젯밤에 비가 왔어."

종이 울리자 무리는 흩어졌다. 그들은 저녁 수업을 듣기 위해 재빨리 제자리로 돌아갔다.

그날 밤 은조로게는 조모가 졌다는 소식을 들었다. 기운이 빠지면서 배 속이 이상한 듯한 느낌이 들었다. 무슨 생각을 해야 할지 알 수가 없었다.

"하지만 다 짜고 한 짓인걸요." 코리가 말했다. 온 식구가 은제리의 오두막에, 지금은 단지 위안을 위해 함께 모여 있었다. 다음 날 아침, 사람들은 헤어질 때 콰 헤리(안녕)라고 말하지 않았다. 그런 작별 인사가 암시할지도 모르는 것에 대해 생각하기가 두려웠기 때문이다. 그것은 '영영 안녕'을 의미할 수도 있었다. 응고토는 가족에 대한 걱정 속에서 살았다. 이제 이 지역에서 가장 힘 있는 사람이 된 자코보가 그를 용서하지 않았기 때문이었다. 그는 조만간 치프가 보복할 것임을 알고 있었다. 적당한 때가 오길 기다리고 있는지도 몰랐다. 그는 무엇을 위해 사는 걸까? 피로감으로 가득한 날들이 계속됐다. 그를 지탱해주던 기다림은 더 이상 존재하지 않았다. 예언의 실현은 이제 불가능해 보였다. 그가 파업에 참여한 것이 실수였는지도 몰랐다. 이제는 조상들의 땅과 연결됐던 끈이 모두 사라졌기 때문이었다. 자신보다 앞서 죽은 혼령들과의 교감은 그에게 생기를 줬다. 하지만 그가 뭘 할 수 있었겠는가? 그는 파업을 할 수밖에 없었다. 더 이상 아들에게 비난당하고 싶지 않았다. 전쟁에 나갔다가 동생의 죽음을 목격하고 돌아온 아들로부터 비난의 눈빛을 받는 사내는 죄책감을 느끼게 마련이었기 때문이다. 하지만 응고토는 아들이 전쟁터에서 힘든 시련을 겪었을 것임을 알기에 항상 보로를 부드럽게 대하고 싶어 했다. 그를 자코보와 싸우게 충동질했던 뭔가는 확실히 비논리적인 감정이었고 보로를 그에게서 한층 더 멀어지게 만들었다. 응고토는 자신이 아들들에게 정말 좋은 아버지였을까 자주 생각하곤 했다. 만약 그가, 그의 세대가 실패했던 거라면 그는 벌을 달게 받을 준비가 되어 있었다……. 하지만 응고토가 자식들 앞에서 체면을 되찾기 위해 무엇이든 할 각오가 되어 있었다 한들, 아들의 명령에 따라 서약을 할 생각까진 없었다. 원칙적으로 반대하기 때문이 아니었다. 원래 사람을 어떤 약속에 묶어두기 위해 서약을 하는 것은 부족 생활의 일반적인 특징이었다. 하지만 아들의 명령에 따르다니! 만약 그렇게 했다면 아버지로서의 위신이 손상됐을 터였다. 그런 식으로 식솔을 이끄는 행위는 오직 가장인 그만이 할 수 있었다. 아들은 아니었다. 설사 그 아들이 많은 곳을 가봤고 많은 것을 안다 하더라도. 그렇다고 해서 응고토와 그의 세대에 속한 이들이 상징하는 관습과 전통을 뒤집을 권리가 아들에게 생기진 않았다.

하지만 그는 보로보다 땅을 잃은 상실감을 더 강하게 느꼈다. 그에게 땅을 잃는다는 것은 영적인 상실이었기 때문이다. 조상의 땅과 연결 고리가 끊긴 사내가 대체 어디서 조물주에게 제물을 바치겠는가? 어떻게 부족의 시조인 키쿠유, 뭄비와 접촉할 수 있겠는가? 서약과 고대 의식과 조상들의 혼령에 대해 보로가 아는 게 뭐가 있나? 그래도 아들과의 의절은 점점 응고토의 삶 깊숙이 베어 들어오며 하루가 다르게 그를 수척하게 만들었다.

그에게도 조모는 희망이었다. 응고토는 조모가 백인들을 쫓아낼 사람이라고 생각했었다. 그에게 조모는 배움과 많은 여행 덕분에 정화된 관습과 전통을 상징했다. 하지만 조모는 졌다. 늘그막에 인생은 확실히 응고토에게 안 좋게 돌아갔다. 자코보는 치프가 되고, 하울랜즈는 지방관이 된 데다, 이젠 피와 살을 나눈 아들과도 서먹한 사이가 되었다. 그렇다면 이젠 막내아들에게 온 믿음을 맡겨도 될까? 하지만 은조로게가 지금 무슨 일이 일어나고 있는지 이해는 할까? 하지만 그렇게 따지면 뭔들 이해하는 사람이 누군들 있을까?

오늘 밤에도 그들은 속삭이듯 얘기하고 있었다. 구석에 앉은 보로는 어느 때보다도 자기만의 생각에 빠진 것처럼 보였다.

"이렇게 될 줄 알았어요." 코리가 같은 말을 반복했다.

뇨카비가 말했다. "질 줄 알았어. 백인들은 다 똑같은 족속이라고 내가 늘 말했잖아. 그 변호사들도 틀림없이 뇌물을 받았을 거야."

"그게 다가 아니야." 은제리가 말했다. "내가 여자라서 잘 설명할 순 없지만 명명백백한 것 같아. 백인들은 법이나 규칙을 만들어. 그리고 그 규칙이나 법, 혹은 또 다른 이름의 뭔가를 통해서 땅을 뺏고, 그 땅을 비롯한 여러 가지에 관련된 사람들에게 그 법을 적용하지. 이 모든 일은 옛날에 부족 생활을 할 때와는 달리 사람들의 동의를 거치지 않고 일어나. 그런데 한 사내가 일어나서 백인들이 땅 뺏는 것을 정당화한 법에 반대했어. 그 사람은 자기가 싸우고 있는 법을 만든 사람들에게 끌려갔지. 그리고 이방인들의 규칙에 따라 재판을 받았어. 자, 하느님의 천사들이 변호했어야 이길 수 있었던 이 사람이 누군지 말해보렴…….”

은제리는 숨을 헐떡이고 있었다. 은조로게는 큰어머니가 그렇게 오래 얘기하는 것을 들어본 적이 없었다. 하지만 그녀가 한 말에는 뭔가 심오한 의미가 있는 듯했다. 모두가 그녀를 쳐다봤기 때문이다. 그녀의 뺨에는 눈물이 흐르고 있었다. 그때 보로가 입을 열더니 한탄하기 시작했다.

“……백인들은 하나로 뭉쳐요. 하지만 흑인들은 뭉치지 못하죠. 그들이 뭉쳤기 때문에 우리의 유일한 희망인 조모를 감옥에 가뒀어요. 이제 그들은 우리를 노예로 만들 거예요. 이미 우리를 자기들 전쟁에 내보냈고, 우리한테 가치 있는 모든 걸 죽였으니까요…….” 은조로게는 자기도 모르게 의자를 더 꽉 쥐었다. 흑인들이 당한 부당한 일들이 보로의 구슬픈 목소리에 모두 응축돼 있었다. 은조로게는 그 잘못들을 바로잡기 위해서라면 무슨 일이든 할 준비가 됐다고 느꼈지만 사실 속으로는 두려웠다.

그때 보로가 갑자기 벌떡 일어나더니 이렇게 외쳤다.

“안 돼! 안 돼! 흑인들은 일어나서 싸워야 해.”

은조로게의 눈이 휘둥그레졌다. 뇨카비는 숨을 죽였고 은제리는 두려운 눈빛으로 문을 쳐다봤다.

10장

본관은 붉은 기와지붕을 얹은, 작은 직사각형 건물이었다. 하지만 본관을 둘러싼 건물들 중에는 돌로 짓고 물결 모양으로 주름진 철판지붕을 얹은 건물들도 있었다. 그리고 회반죽을 칠한 흙벽 위에 이엉지붕을 얹은 오두막들로 이루어진 작은 마을이 경찰 수비대를 완성했다. 부지 주위로는 가시철조망이 둘려 있었다.

하울랜즈 씨는 자기 사무실에 앉아 왼쪽 팔꿈치로 책상을 짚은 채 왼손으로 머리를 받치고 있었다. 그리고 오른손에 쥔 연필로는 계속 책상을 두드리면서, 열려 있는 작은 유리창 밖을 긴장한 얼굴로 내다보고 있었다. 누가 그 모습을 봤다면 수비대를 구성하는 오두막들을 보고 있는 거라고 생각했을 것이다. 하지만 그의 마음은 머나먼 과거의 어린 시절에, 함께 놀던 친구들과 집 주위의 작고 네모난 산울타리에 가 있었다. 어린 시절의 기쁨, 두려움, 희망은 다 나름대로 거대했다. 작은 다툼들. 그가 두려워하고 숭배했던 아버지. 늘 위안과 편안을 줬던 다정한 어머니의 품. 이 모든 것들은 때때로, 특히 이렇게 힘들 때마다 그의 기억을

침범하는 것들인 동시에 그가 줄곧 자신의 삶으로부터 잘라내고 싶어 했던 것들이기도 했다.

그는 생각에 잠긴 채 일어나서 방 안을 왔다 갔다 했다. 이제는 탈출구가 없을지도 모른다는 사실을 그도 알았다. 그를 지방관으로 만든 현재는 그가 도망치려 했던 과거의 반영이었다. 정치, 정부, 자신이 조국을 버렸다는 사실을 연상시킬 수 있는 모든 것을 피하려고 애써왔음에도 그 과거는 계속해서 그를 따라다녔다. 그리고 그는 아들을 빼앗겼다. ……신의 이름을 부르는 것은 소용없는 일이었다. 왜냐하면 그, 하울랜즈는 신을 믿지 않았기 때문이다. 그가 믿는 신은 오직 하나, 즉 그가 지은 농장, 그가 길들인 땅뿐이었다. 그런데 이 마우마우단이란 놈들은 대체 누구이길래 그 땅, 그의 신을 내놓으라고 하는 것인가? 하, 하! 이런 터무니없는 생각 따윈 웃어넘길 수도 있었지만 실제로 그는 또 다른 삶, 그가 피하려 해왔던 삶을 살게 되고 말았다. 그는 임시 지방관 자리를 맡아줄 것을 부탁받았고 수락했다. 자신의 신을 보호하기 위해서였다. 만약 마우마우단이 그가 믿는 유일한 것을 요구한다면 쓴맛을 보게 될 것이다! 그들은 잊힌 땅 영국으로 그를 돌려보내고 싶어 하는 것인가? 그렇다면 실수한 것이다. 그나저나 이 흑인들과 마우마우단이란 놈들이 누구인가? 그는 첫 번째로 물었다. 단순한 야만인들 아닌가! 야만인, 좋은 말이다. 예전에는 그들을 야만인으로든 뭐로든 생각하지 않았다. 마치 농장의 당나귀나 말에 대해 생각하듯 농장의 일부로서 외에는 그들에 대한 생각 자체를 하지 않았기 때문이다. 유일한 차이점은 당나귀와 말의 경우에는 녀석들의 먹이와 축사에 대해 생각해야 한다는 것뿐이었다. 하지만 그에게서 응고토를 앗아 가고 지금의 비상사태를 불러온 파업 때문에 하울랜즈는 그들을 생각할 수밖에, 껍질 바깥으로 나올 수밖에 없게 되었다. 그들 모두가 이에 대한 대가를 치르게 될 것이다! 그렇다. 그는 그들 한 명 한 명에게서 마지막 한 방울까지 짜낼 것이다. 그들이 무(無)가 될 때까지, 그의 신을 위한 승리를 쟁취할 때까지. 마우마우단은 그가 인생에서 외면하려 애써왔던 모든 것을 상징하게 되었다. 그것을 정복한다면 정신적인 만족감, 그가 땅을 정복했을 때 느꼈던 것과 같은 종류의 만족감을 느끼게 될 터였다. 그는 불현듯 잠에서 깬, 굴속의 사자와도 같았다.

손목시계를 보았다. 자신의 손목에 비해 너무 작아 보였다. 그는 치프를 기다리는 중이었다. 하울랜즈 씨는 야만인인 자코보를 경멸했지만 이용할 셈이었다. 흑인들이 백인들과 싸우는 대신 자기들끼리 싸우게 만드는 능력은 그에게 즐거운 만족감을 주었다.

그는 다시 자리에 앉아 집을, 자신의 집을 생각하기 시작했다. 아들 스티븐을 어떻게 할까 궁리했다. 그는 아들을 영국으로 보내고 싶지 않았지만 아내는 이곳 상황이 정상으로 돌아올 때까지 자신들을 영국에 가 있게 해달라고 매일 들볶고 있었다. 아내에게 굴복한다는 것은 영국의 목소리를 따르는 것과 같았다. 그럴 순 없었다. 그는 마우마우단에게도, 아내한테도 굴복하지 않을 것이었다. 모든 것을 자신의 뜻대로 할 작정이었다. 그게 정착민들의 방식이었으니까. 그가 아내와 스티븐에 대해서만 생각하면 된다는 것이 이상하긴 했지만 사실 그에게 딸은 존재하지 않는 거나 다름없었다. 딸은 그의 뜻과 바람을 저버리고 떠나 선교사가 되었다. 그녀는 왜 선교사가 되고 싶어 했을까? 딸의 입장에서 설명해보려는 시도도 그를 더욱 화나게 만들 뿐이었다. 그녀는 자신을 온전히 하느님에게, 영원히 그분을 섬기는 데 바쳤다.

문에서 노크 소리가 들렸다. 손에 총을 든 자코보가 들어오더니 모자를 벗어서 공손하게 접었다. 얼굴에는 하울랜즈가 싫어하는 함박웃음이 떠올라 있었다. 하울랜즈가 자코보를 안 지도 벌써 꽤 오래되었다. 자코보가 가끔씩 조언을 구하러 찾아오면 하울랜즈는 항상 자기가 길들인 땅을 어떻게 했고 앞으로는 어떻게 할 예정인지 들려주곤 했다. 사실 자코보가 제충국 재배 허가를 받도록 도와준 사람 역시 하울랜즈였다. 그 답례로 자코보는 하울랜즈가 일꾼 구하는 것을 돕고, 그들이 열심히 일하게끔 만들 방법을 조언해주었다. 그러나 이런 일들은 전부 농장 경영의 일부였다. 이제 두 사람이 공무로 만나게 되자 하울랜즈는 새로운 시각에서 자코보를 볼 수 있었다.

"앉게, 자코보."

"감사합니다, 지방관님."

"무슨 일로 보자고 한 건가?"

"예, 지방관님, 그게, 얘기가 깁니다."

"짧게 해."

"네, 지방관님. 일전에 말씀드렸듯이 저는 모든 마을 사람들을 감시하고 있습니다. 그런데 아시겠지만, 이 응고토라는 자는 나쁜 놈입니다. 아주 악질이죠. 그는 수많은 서약을 했습니다." 하울랜즈가 듣고 있지 않는 것처럼 보이자 자코보는 잠시 뜸을 들였다가 활짝 웃으며 이렇게 말했다. "아시다시피 파업을 주도한 것이 바로 그자입니다."

"알아." 하울랜즈가 말허리를 잘랐다. "그자가 무슨 짓을 했는데?"

"그게, 방금 말씀드렸듯이 얘기가 깁니다. 그자에게 아들들이 있는 건 아시죠. 이 아들들이 마을을 떠나 산 지가 꽤 됩니다. 제 생각에는 그들이 마을에 말썽을 불러들이고 있는 것 같습니다…… 저는 장남 보로가 특히 의심스럽습니다. 그 녀석은 전쟁에도 나갔었는데요, 지방관님, 제 생각에는요, 지방관님, 녀석은 파업과 관련이……."

"그래! 그래! 그들이 무슨 짓을 했는데?"

"그게요, 지방관님, 아무 짓도 안 했습니다. 하지만 이자들은 은밀히 움직입니다. 제 생각에는 우리가 그들을 마을에서 쫓아내야 할 것 같습니다……. 강제수용소 같은 곳에 보내서 말이죠……. 그대로 내버려두면 마을에서 아주아주 큰 말썽을 일으킬 겁니다. 그들을 가둬둬야 이 응고토란 작자를 감시하기가 더 쉬워질 겁니다. 왜냐하면 방금 말씀드렸듯이 그자가 마우마우단의 진짜 두목일지도 모르거든요."

"알았네. 아들들이나 잘 감시해. 아무 죄목으로나 잡아들여. 통금 위반이든 탈세든 뭐든 갖다 붙여서."

"알겠습니다, 지방관님."

"다른 용건은 없나?"

"없습니다, 지방관님."

"알았어. 그럼 나가봐."

"감사합니다, 지방관님, 감사합니다. 이 마우마우단 놈들은 곧 때려잡을 수 있을 겁니다."

하울랜즈는 대꾸하지 않았다.

"안녕히 계십시오, 지방관님."

"알았네." 하울랜즈는 퉁명스럽게 대답하면서 마치 치프를 배웅하려는 것처럼 자리에서 일어났다.

그는 자코보가 나가는 모습을 지켜보고 있다가 문을 쾅 소리 나게 닫더니 작은 창문 옆에 가서 섰다. 그는 한시도 응고토를 잊어본 적이 없었다.

응고토와 식구들은 뇨카비의 오두막에 앉아 있었다. 요즘은 다들 식구들끼리만 늦게까지 같이 있곤 했다. 빠진 사람은 두 명이었다. 카마우는 아프리카인 상점가에 있었는데, 그는 평소에도 그곳에 있는 걸 더 좋아했고 심지어 잠도 거기서 잤다. 그 편이 더 안전하다고 생각했다. 보로는 아직 귀가 전이었다. 아마 늦게 올 듯싶었다. 그들은 어둠 속에 앉아 있었다. 불을 일찍 꺼야 했기 때문이다. 말을 많이 하지도 않았고 어쩌다 할 때는 낮은 목소리로 속삭였다. 사실 지금 상황과 전혀 상관없는 얘기나 아무도 웃지 않는 농담 외에는 할 말도 거의 없었다. 어둡고 기나긴 밤이 될 것임을 그들은 알고 있었다. 보로와 코리는 자신들의 침대를 은제리의 오두막에 두었다. 그녀의 오두막은 뇨카비의 오두막에서 몇 미터 떨어져 있었다. 은제리와 코리는 보로가 나타나길 기다렸지만 오지 않자 은제리의 오두막으로 돌아가려고 일어났다. 보로는 밤늦게 돌아올 수도 있었고, 아니면 지금 어디에 있든 거기서 자고 올 수도 있었다. 누구나 6시까지 귀가하라는 통금 명령이 내려져 있는 상황에서 그런 밤에 집에 돌아오는 위험을 누가 감수하겠는가? 그들은 밖으로 나갔다. 잘 자라는 인사도 없이. 나머지 사람들은 그대로 남아 있었다. 그때 불현듯 밤을 가르는 고함 소리가 들렸다…….

"정지."

은조로게는 떨고 있었다. 그는 아버지와 어머니가, 무슨 일인지 몰라도 밖에서 일어나는 일을 지켜보고 있는 문가로 가지 않았다. 그는 의자에 못 박힌 듯 앉아 있었다. 아버지가 문가에서 돌아오더니, 아내 은제리와 아들 코리에게 멈추라고 명령하는 목소리를 들었을 때 재빨리 비웠던 등받이 없는 의자에 털썩 주저앉았다. 뇨카비는 그다음에 들어왔다. 그녀는 등불을 켰다가 응고토의 얼굴을 보고 다시 껐다. 정적이 감돌

왔다.

"끌고 가버렸어요." 뇨카비가 흐느꼈다. 은조로게는 오두막 안에 어떤 보이지 않는 어두운 형체들이 있는 것만 같다고 생각했다.

마침내 응고토가 입을 열었다. "그으래애애……." 그의 목소리는 떨리고 있었다. 울고 싶었지만 그가 느낀 모욕감과 고통이 가져온 효과는 놀라웠다. 아직도 나를 사내라고 할 수 있을까? 자기 아내와 아들이 통금을 어겼다는 이유로 끌려가는데도 대거리 한마디 못 한 채 지켜보고 있었던 내가? 그것은 비겁한 짓이었을까? 그래, 비겁한 짓이었고 그중에서도 최악이었지. 그는 벌떡 일어나서 미치광이처럼 문으로 달려갔지만 때늦은 행동이었다. 그는 패배자, 남자다움을 잃어버린 남자라고 스스로를 욕하는 사내가 되어 다시 자리로 돌아왔다. 아까의 기다림도 행동을 미루는, 비겁함의 한 형태였음을 이제는 알 수 있었다.

그가 조용히 말했다. "자코보 짓이야."

은조로게는 똑바로 앉으려고 다시 한 번 자기가 앉은 등받이 없는 의자를 꼭 붙들었다. 식구 중 누군가가 새로운 법 때문에 잡혀간 것은 처음 있는 일이었다. 보로, 코리, 카마우는 지금껏 늘, 특히 경찰의 작전 중에는, 아슬아슬하게 법망을 비껴갔었다. 지금 아버지에게는 무슨 일이 일어나고 있으며, 코리 형과 큰어머니한테는 무슨 일이 일어날까?

"자코보는 나를 파멸시키고 싶어 해. 이 집안을 무너뜨리려 하지. 그는 그렇게 할 거야."

그것은 분노의 격렬한 폭발보다 더 나쁜, 일종의 반항적인 탄식이었다.

그 순간 보로가 들어왔다. 다시 한 번 침묵이 흐르다가 마침내 보로가 무슨 일이냐고 물으며 침묵을 깨뜨렸다.

"네 어머니와 동생이 끌려갔다." 응고토가 여전히 고개를 숙인 채 말했다.

"어머니와 동생이 끌려갔다고요?" 보로가 천천히 되뇌었다.

"그래. 통금 위반으로." 뇨카비가 이렇게 말하며 얼른 보로를 곁눈질했다. 그녀는 오두막 안이 어두워서 다행이라고 생각했다.

"통금…… 통금이라……." 그리고 보로는 목소리를 응고토 쪽으로 향했다. "그리고 아버지는 이번에도 아무것도 안 하셨고요?"

응고토는 그 말이 살을 찌르는 바늘 같다고 느꼈다. 그는 뭐든 받아들일 자세가 되어 있었지만 이것만은 참을 수 없었다.

"얘야, 내 말을 들어봐라."

하지만 보로는 이미 밖으로 나간 뒤였다. 응고토의 설명을 들을 사람은 없었다. 그 후로 오랫동안 그들은 보로의 얼굴을 보지 못하게 된다.

통금 명령을 어기는 것은 대단한 범죄가 아니었다. 그것은 노소에 상관없이 누구에게나 같은 벌금을 의미했다. 하지만 이번에는 벌금을 냈는데도 은제리만 석방되었다. 코리는 재판 없이 강제수용소로 보내지게 되었다. 응고토의 예언이 실현되고 있었다. 하지만 시민군 부대 사무실에 있는 치프는 자기가 정말로 쫓던 사내가 잡히지 않아 실망했다. 그래도 그는 희망을 잃지 않았다.

어느 날 은조로게는 아침 일찍 학교에 갔다. 그는 응고토에게 무슨 일이 일어났음을 알았다. 그가 어느 누구의 얼굴도, 심지어 자기 아내들의 얼굴까지도 똑바로 보지 않게 되었기 때문이었다. 은조로게는 만약 어린아이가 응고토를 때린다 해도 아버지가 가만있으리라고 확신했다. 그는 더 이상 가족을 단합시키는 능력으로 산마루에서 산마루까지 명성이 자자했던 사내가 아니었다. 하지만 은조로게는 여전히 아버지를 믿었고, 응고토가 옆에 있으면 든든했다.

응고토의 집은 이제 아무도 이야기를 들려주지 않고, 마을의 젊은 남녀들도 모이지 않는 곳이 되었다.

이 모든 일을 겪는 동안에도 은조로게는 때가 됐을 때 자신이 맡게 될 역할과 배움에 대한 애정과 믿음으로 버텼다. 집안의 어려움이 이러한 욕구를 더욱 뚜렷하게 만든 듯했다. 이 잔해로부터 뭔가를 만들어낼 수 있는 것은 오직 배움뿐이었다. 그는 한층 더 공부에 전념하게 됐다. 언젠가는 자신의 모든 지식을 이용해서 백인과 싸울 터였다. 아버지가 시작한 일을 이어받을 작정이었기 때문이다. 이런 생각에 빠질 때면 자신이 하느님의 나라의 구원자가 되는 것이 정말로 가능해 보였다. 그가 계속 교육을 받을 수만 있다면. 그리고 때가 되면 그가…….

은조로게가 학교에 도착해보니 아이들이 몹시 흥분한 상태였다. 교회 벽 주위에 작은 무리가 모여 있었다. 그들은 벽에 붙은, 누군가가 교장 선생님에게 쓴 편지를 읽고 있었다. 학교에 도착한 아이들은 너 나 할 것 없이 소리를 지르며 그곳으로 뛰어갔다가 확 바뀐 표정으로 조용히 무리에서 빠져나오곤 했다. 은조로게는 아이들 틈을 파고들어 편지를 읽었다. 순간 눈앞이 새하얘졌다. 다른 아이들을 사로잡은 공포가 그에게도 엄습했던 것이다. 한동안 공기에 긴장감이 감돌았다.

한 아이가 말했다. "니에리에서도 같은 일이 있었대."

"포트홀에서도."

"맞아. 이 학교에 다시 오면 안 되겠어."

그때 교장 선생님이 나타났다. 아이들이 그를 편지 있는 곳으로 안내했다. 처음에 그는 아이들을 안심시키는 태평한 미소를 지어 보였다. 하지만 편지를 읽는 동안 차츰 입꼬리가 내려갔다. 그는 면도칼을 꺼내어 편지를 조심스럽게 벽에서 떼어낸 다음, 손끝으로 끄트머리만 살짝 잡았다. 감추고 싶은 속마음이 손에서 그렇게 드러났다.

"여기 손댄 사람 있니?"

"없습니다, 선생님." 학생 회장이 말했다.

"제일 먼저 온 사람이 누구지?"

"접니다, 선생님." 무리 속에서 키 작은 소년 한 명이 앞으로 나왔다.

"네가 여기서 편지를 발견했어?"

"아닙니다, 선생님. 지는 못 봤어요. 발견한 건 카마우입니다."

"카마우, 너는 은주구나보다 나중에 왔니?"

"네, 선생님. 그러니까요, 선생님, 제가 대도*를 벽에 기대두려고 하던 참이었어요. 고개를 들었는데 거기 편지가 있었죠. 처음에는……."

"알았다, 카마우. 은주구나, 학교 오는 길에 만난 사람 아무도 없었어?"

"네, 선생님."

대부분의 아이들이 마음속에 품고 있던 질문은 이것이었다. 키마티가 어떻게 우리 학교에 왔지? 그날은 평소와 달리 학교 공기가 무거웠다.

저녁때 은조로게는 이 일을 처음부터 끝까지 어머니에게 들려줬다.

"편지에는 당장 학교 문을 닫지 않으면 교장 선생님과 학생 마흔 명의 목을 자르겠다고 적혀 있었어요. 보낸 사람 이름은 키마티로 되어 있었고요."

"아들아, 이제 그 학교에는 가지 마라. 배움이 목숨보다 중요하진 않아."

은조로게는 씁쓸한 위안을 느꼈다.

"마우마우단은 흑인들 편인 줄 알았는데 말이에요."

"쉿! 쉿!" 뇨카비가 주의를 줬다. "오늘 밤은 그 얘긴 하지 마라. 벽에도

---

* 숲을 지나갈 때 가지를 쳐서 길을 내기 위해 가지고 다니는 큰 칼.

듣는 귀가 있어."

하지만 카마우는 전혀 다르게 말했다.

"학교를 그만두는 건 바보짓이야. 그 편지는 진짜가 아닐 수도 있어. 게다가 네가 집에 있으면 정말로 더 안전할 거라고 생각해? 장담하는데, 어디를 가도 안전한 곳은 없어. 이 벌거벗은 땅에 숨을 곳은 없다고."

은조로게는 학교를 그만두지 않았다.

11장

상황은 오히려 더 나빠졌다. 통금을 어겼다는 이유로 누가 언제 체포될지 아무도 몰랐다. 밤에는 자기 집 마당도 가로지를 수 없었다. 불을 켜두었다간 밖에서 도사리고 있을지 모르는 자들의 주의를 끌게 될까봐 다들 불을 일찍 껐다. 세간에는 이런 소문이 돌았다. 어떤 유럽인 병사들이 밤에 사람들을 붙잡아서 숲 속으로 끌고 갔다가 다시 풀어주면서 알아서 집을 찾아가라고 한다. 하지만 등을 돌리는 순간 냉혹하게 쏴 죽인다. 그리고 다음 날 이것은 마우마우단에 대한 승리로 공표된다는 것이었다.

아이들 역시 두려움 속에서 살았다. 언제 학교가 습격당할지 몰랐기 때문이다. 하지만 대부분의 학생들은 편지의 경고에 신경 쓰지 않고 은조로게처럼 계속 학교에 나왔다. 이제 키가 부쩍 큰 은조로게는 거의 청년처럼 보였다. 온 고장을 뒤덮은 혼돈의 강력한 위력이 이제야 그의 머릿속에서 명확해지기 시작하고 있었다. 고독한 카마우를 제외한 두 형은 더 이상 본가에서 살지 않았다. 할례를 받게 되었을 때 카마우는 스스로 그 비용을 냈다. 집안을 건사하고, 먹을 것과 옷을 사고, 은조로게의 학비를 내는 사람 또한 그였다. 하지만 잠자러 집에 오는 일은 드물었다.

　은조로게에게는 아직 아버지와 형과 두 어머니가 있었으므로 그는 계속 어린 시절의 꿈을 고수했다. 중등교육 자격 검정 시험을 겨우 1년 앞두었던 이때, 그는 책 읽기와 학교 공부에 전력을 다했다.

　은조로게는 므위하키가 여자 기숙학교에 진학한 후로 그녀를 만난 적이 없었다. 그것은 우연이 아니었다. 비상사태가 선포되기 전에도 그는 그녀를 피하려 했었다. 아버지들끼리 공공연한 적인데 어떻게 그가 그녀를 만날 수 있었겠는가? 그는 그녀가 아버지의 피습 소식을 들었을 때 느꼈을 고통과 흡사한 감정을 느꼈다. 그렇다고 자기 아버지를 비난하게까지 되진 않았지만 그래도 죄책감이 들었고 므위하키가 자코보의 딸이 아니라 자신의 친동생이었다면 얼마나 좋았을까 생각했다. 그날 일어난 일을 모두 전해 듣기 전에 함께 손을 잡고 서 있었던, 행복했던 마지막 순간은 아직도 은조로게의 뇌리에 남아 있었다. 그 기억을 떠올리면 마음이 아팠다. 하지만 비상사태가 선포된 이후로, 그녀의 아버지가 치프이자 시민군 대장이라는 사실 때문에 그녀와 완전히 절교해야 할 필요성을 더욱 강렬히 느끼게 됐다. 그래도 때로는 그녀와 함께하던 시절이, 그녀의 고운 갈색 손과 맑고 순수한 눈이 그리웠다.

　어느 토요일에 은조로게는 카마우가 일하는 아프리카인 상점가로 가는, 길고 널찍한 길을 따라 걸었다. 은조로게는 외로웠고 새로운 우정을 찾고 싶었다. 그는 카마우가 톱이나 망치나 대패를 쥐고 있을 때의 크고 단단한 근육이 늘 부러웠다. 여기에는 못을 박고 저기서는 나뭇조각을 잘라내는 그의 모습은 확신에 차 보였다…… 은조로게는 자신도 저렇게 될 수 있었을까 곧잘 생각하곤 했다. 그런데 오늘은 카마우가 일하고 있지 않았다. 읍내 전체에 불편한 정적이 깔려 있었다.

"잘 있었어, 형?"

"잘 있고말고! 집에는 별일 없냐?"

"별일 없지 뭐. 왜 그렇게 심각해?"

카마우가 은조로게를 쳐다봤다.

"못 들었어? 이발사랑…… 또 누구더라……? 도합 여섯 명이 사흘 전날 밤에 자기 집에서 잡혀갔어. 그리고 숲 속에서 시체로 발견됐지."

"죽었다고?"

"그래!"

"이발사가 죽었다고? 하지만 내 머리를 깎아준 게 겨우…… 아니, 죽었다고?"

"슬픈 일이지. 너도 다 아는 사람들이야. 한 명은 응강가였어."

"우리 땅 주인 응강가 말이야?"

"그래!"

은조로게는 응강가의 아내들이 시민군 사무실을 이곳저곳 돌아다니며 자기들 남편을 보게 해달라고 부탁하던 것을 기억했다. 사람들 말에 따르면 그는 자다가 어떤 백인 사내에게 끌려갔다고 했다.

"누가 죽었는데? 백인들이야?"

"요즘 세상에 누가 누굴 죽였는지 누가 알겠냐?"

"응강가가 정말 죽었다고?"

"그래. 이발사도."

그 여섯 명을 다시 못 본다는 것은 거의 터무니없는 생각처럼 느껴졌다. 그중 네 명은 지역 전체에서 가장 부유한 유지 무리에 속했다. 은조로게는 그들이 마우마우단이었을까 궁금했다. 그래야만 정부 사람들이 잔인하게 그들을 학살한 이유가 설명되었기 때문이다. 다음 차례는 우리 집일까? 보로는 숲으로 갔다고들 했다. 은조로게는 생각만으로도 몸서리가 났다.

이틀 후. 시장에서 집으로 돌아오는 길이었다. 그는 타르 포장도로를 걷기 싫어서 밭을 가로질러 갔다. 여섯 명의 죽음은 마을에 긴장감 팽팽한 고요를 가져왔다. 지금껏 마을에서 추방되거나 죽은 사람은 몇 있었지만 마우마우단 또는 세리칼리가 주민들에게 이토록 큰 공격을 직접적으로 가한 것은 처음이었다. 은조로게는 어린 시절 응강가를 정말 싫어했었지만 그의 가족이 힘들었을 때 응강가는 친구가 되어줬다. 이제 은조로게는 목수의 생전엔 한 번도 느껴본 적 없었던 강한 애정을 담아 응강가를 추모할 수 있었다.

"은조로게!" 이 소리를 듣지 못한 그는, 만약 그녀가 그를 향해 다가오지 않았다면, 그대로 지나쳐버렸을 것이다. 므위하키는 키가 크고 날씬했고, 가슴은 작고 뾰족했다. 부드러운 검은 눈동자는 이글거리는 생생한 눈빛을 띠었다. 이목구비는 또렷해지고, 윤기 흐르는 새까만 머리털 뭉치는 마을에서 처음 보는 특별한 모양으로 빗어져 있었다. 은조로게는 곧바로, 이제는 결혼해서 아이 둘의 엄마가 된, 므위하키의 언니 루시아를 떠올렸다. 한편 그는 키가 크고 다소 거칠면서 딱딱한 얼굴을 가지고 있어서 실제보다 더 나이가 들어 보였다. 하지만 말이 없어도 항상 따뜻한 분위기를 지닌 덕에 비밀스러운 매력을 풍겼다. 그녀를 처음 보았을 때 그는 놀라움에 이어 기쁨을 느꼈지만 그 감정은 소녀의 침착함과 당당함에 의해 곧 당황스러움으로 바뀌었다. 이런 그녀가 어떻게 자코보의 딸일 수 있단 말인가?

"미안. 모르고 지나칠 뻔했네. 네가 너무 많이 변해서 말이야." 이것이 일상적인 인사 후에 그가 다소 쭈뼛거리며 내놓은 변명이었다.

"그래? 너도 많이 변했어." 그녀의 목소리는 여전히 부드러웠다. "지난 주에 너희 집 근처 지나갔는데 네가 안 보이더라."

또다시 그는 당황스러움을 느꼈다. 그는 수년 동안 일부러 그녀와의 만남을 피해 다닌 반면, 그녀는 마침내 솔선하여 그를 찾아 나섰던 것이다.

"정말 오랜만이네." 그가 말했다.

"그래. 그사이에 많은 일이 있었지. 너랑 내가 상상도 못 했던 많은 일들이."

"많은 일이 있었지⋯⋯." 그가 그녀의 말을 따라 했다. 그러곤 이렇게 물었다. "기숙학교는 어때?"

"좋아. 수녀원에 있는 거랑 비슷하지만."

"동네는?"

"형편없어. 여기랑 비슷해."

그는 화제를 바꿔야겠다고 마음먹었다.

"음, 방학 잘 보내." 그가 떠날 준비를 하면서 말했다. "이제 그만 가볼게. 네 시간을 뺏으면 안 되니까." 그녀는 대꾸하지 않았다. 은조로게가 눈을 들어 그녀를 보았다.

"여기서는 너무 외로워." 마침내 그녀가 말했다. 거의 상처받은 아이 같은 솔직한 목소리로. "다들 나를 피해."

그의 심장이 두근두근 뛰었다. 그는 기사도의 발로에 의해 이렇게 말하고 말았다. "일요일에 나랑 만나."

"어디서?"

그는 적당한 곳이 어디일까 잠시 생각했다.

"교회." 힘들 때 누구나 가는 곳.

"싫어! 만나서 같이 가자. 옛날 생각 나겠는걸."

그는 그 제안을 거부하지 않았다.

"좋아. 그러면 우리 집 근처에서 기다릴게. 네가 거기로 와. 우리 집이 교회 가는 길에 있으니까."

"잘 가."

"잘 가."

은조로게는 자신 안에서 작은 동요가 이는 것을 느꼈다. 하지만 집에 가면서는 자기가 왜 이 약속을 수락했을까 자책했다. 하마터면 발걸음을 돌리고 그녀를 불러 세워서 약속을 완전히 취소할 뻔했다.

그는 자기가 가진 제일 좋은 옷, 싸구려 나일론 셔츠와 잘 다린 깨끗한 카키색 반바지를 입었다. 마을 근처 공장에서 만든 갈색 구두와 카키색 긴 양말까지 신으니 꽤 말쑥해 보였다. 하지만 자고 일어나서 므위하키를 만난다는 흥분이 사라지고 나니 두려웠다. 그는 계속 "난 바보야. 난 바보야"라고 되뇌었다. 하지만 그녀의 부드럽고 맑은 목소리가 애원하듯 울렸다. 여기서는 너무 외로워. 므위하키의 겉모습만 보고 그녀가 그렇게 외롭거나 괴로우리라 생각했을 사람이 누가 있었겠는가? 그는 준비를 일찍 마치고 집 근처 오솔길을 산책하러 나갔다. 그때 그녀가 나타났다. 그녀의 가슴이 깊게 파인 하얀 블라우스와 옅은 갈색 주름치마를 보자 그는 자신의 옷이 창피해졌다. 그들은 말없이 걸었다. 그녀가 말할 때만 목소리에서 약간 억눌린 흥분이 드러났다.

그녀가 은조로게를 만난 것은 정말 오랜만이었다. 학교에서 함께 보낸 시간에 대한 기억은 아직도 그녀의 머릿속에 생생했다. 므위하키는 아주 어렸을 때 받은 작은 친절일지언정 절대 잊는 사람이 아니었다. 이 소년이 그렇게 옛날에 그녀에게 전하려 했던 바보 같은 위로는 잊을 수 없는 인상을 남겼다. 게다가 은조로게는 다른 남자애들과 달랐다. 그는 늘 그녀의 마음을 사로잡았고, 그녀에게 평온함과 자신감을 주었다. 두 가족 사이에는 많은 일이 있었다. 그녀는 최소한 자기 아버지는 응고토를 싫어한다는 것을 알고 있었다. 그는 그 사실을 감추려 하지 않았다. 그의 공공연한 증오는 응고토가 공개적으로 자신을 비방한 데서 기인함을 그녀는 알았다. 므위하키는 이 사안의 시시비비를 가릴 수 없었다. 하지만 종합적으로 봤을 때 응고토가 은인에게 못되게 굴었으니 자기 아버지가 옳다는 것을 알았다. 그래도 이 일은 자신과 은조로게의 관계와는 상관없는, 자코보와 응고토 사이의 일이라고 생각했다. 그녀의 세상과 은조로게의 세상은 시시한 편견과 증오와 계급 차이가 존재하지 않는 어딘가에 있었다. 그녀는 이런 문제들에서 은조로게가 자기와 같은 마음이라고 생각했으므로 몇 년간의 연락 두절이 순전한 우연은 아니었음을 깨닫지 못했다. 비상사태 선포는 그녀에게 별 의미가 없었다. 그러나 세월이 흐르면서 마우마우단에 관한 얘기들, 그들이 대도로 반대파를 난도질한다는 이야기를 듣자 두려워졌다. 은조로게의 형 보로가 숲으로 갔다는 이야기는 들었지만 믿을 수가 없었다. 그녀에게 마우마우단은 마을에 속하지 않는 사람들, 자신의 지인 중에는 절대 있을 수 없는 사람들이었다.

설교단에는 나이 든 전도사가 서 있었다. 그는 키쿠유족에게 닥친 재앙에 대해 이야기했다. 키쿠유족은 오래전 하느님과 함께 걸었던 부족이자 하느님이 직접 선택하여 아름다운 땅을 하사하신 부족임에도 지금은 피가 그 땅을 넘쳐흐르면서 깊고 붉은 죄로 뒤덮고 있다. 그는 영영 만날 수 없게 된 젊은이들에 대해 얘기했다. 강제수용소에서 잠든 많은 이들에 대해 말하는 그의 얼굴은 어두웠다. 왜 이렇게 되었을까? 그것은 사람들이 조물주, 생명을 주신 분의 뜻을 거역했기 때문이다. 이스라엘의 자손들은 여호와의 목소리에 귀 기울이려 하지 않았다. 이제 그들은 앞으로 40년 동안 사막을 떠돌다가 죽게 될 것이다.

"키쿠유족이여, 앞으로 닥쳐올 더 큰 역병을 피하기 위해서는 어떻게 해야겠습니까? 우리는 하느님께 의탁해야 합니다. 무릎을 꿇고 저기 나무에 매달린 짐승을 바라봐야 합니다. 그러면 우리의 모든 상처가 즉시 치유될 것입니다. 어린 양의 피로 씻길 것입니다. 키쿠유족이여, 이제부터 성서에 나오는 말씀을 전해드리겠습니다…….

기도합시다…….."

다들 무릎을 꿇고 키쿠유족의 땅을 위해 기도했다. 몇몇은 영영 볼 수 없게 된 사람들을 위해 울었다.

그때 한 땅딸막한 사내가 설교단에 올라섰다. 은조로게는 그를 자세히 살펴봤다. 얼굴이 낯익은 것 같았다. 사내가 말을 하기 시작한 후에야 은조로게는 비로소 기억해냈다. 그는 학생들이 우우우*라 불렀던 방탕한 선생이었다. 콧수염은 사라지고 없었다. 이사카 선생은 은조로게가 초등학교를 졸업하던 해에 니에리로 전근을 갔고 그 후로는 소식을 들은 바가 없었다. 지금의 이사카는 정말로 신실해 보였다. 부흥회 강사가 된다는 건 이런 것이었다.

"성 마태의 말씀에 따르면 복음에 의지하라 했습니다. 그럼 24장 4절

* 사악한 인간.

부터 다 함께 봉독하시겠습니다."

책장 넘기는 소리가 들렸다.

"봉독하시겠습니다……."

"그러자 예수께서 대답하여 말씀하시되, 누구에게도 기만되지 않도록 주의하라.

많은 이가 내 이름으로 와서 말하리라. '내가 그리스도다.' 그리하여 많은 이가 기만되리라.

너희가 전쟁과 전쟁의 소문을 들을 것이나 괘념치 말라. 이 모든 일이 반드시 일어나야 하나 아직 끝은 아니기 때문이라.

민족이 민족에, 나라가 나라에 반(反)하여 일어나리라. 그리고 곳곳에서 기근과 역병과 지진이 발생하리라.

이 모든 것이 재앙의 시작이니라.

그때 너희는 괴롭힘당하다 살해당하리라. 그리고 내 이름으로 하여 모든 민족에게 미움받으리라.

그때 많은 이가 상처 입고, 서로를 배신하고, 많은 이를 기만하리라.

그리고 여러 가짜 예언자가 등장하여 많은 이를 기만하리라.

또한 부당이 횡행하여 많은 이의 사랑이 차갑게 식으리라.

그러나 끝까지 견디는 자는 구원받으리라……."

그는 계속 읽어나갔다. 그러다 33절에 이르자 갑자기 읽기를 멈추고 교회 안의 모든 신도들을 쳐다보았다. 그러고는 목소리를 높여 다시 읽기 시작했다.

"진정으로 너희에게 말하노니, 이 세대가 지나가기 전에 이 모든 일이 일어나리라."

마치 이 건물 안에도 어둠이 내렸는데 길을 비출 이가 아무도 없다고 말하는 듯했다.

그들은 말없이 걸었다. 예배가 몇 시간 만에 끝나서 벌써 늦은 시간이었다. 이때 재빨리 속삭인 쪽은 므위하키였다. "옛날 길로 가자."

은조로게도 찬성했다. 옛날 길이란 그들이 하교할 때 다녔던 길을 말했다.

"선생님이 한 말이 사실이라고 생각해?"

"무슨 말? 여러 가지 얘기를 했잖아."

"예수님이 곧 오실 거라는 얘기."

은조로게는 흠칫 놀랐다. 그도 자신들의 옛 스승이 세상에 대해 내놓은 예언을 생각하고 있었기 때문이다. 그 말이 다 사실처럼 들려서 감명을 받았다. 전쟁, 질병, 역병, 불안, 배신, 가족의 해체. 모두 은조로게가 이미 본 것들이었다. 그렇다, 그는 선생님 말에 동의하는 쪽으로 기울어 있었다. 하지만 선생님이 신경질적으로 "회개하시오. 하느님의 나라가 가까이 왔으니"라고 외칠 때의 목소리는 싫었다.

키쿠유족은 정말로 이 지경에까지 이르고 만 것일까? 그리스도의 재림은 이 세상 모든 생명의 말살을 가져올까?

"모르겠어." 마침내 그가 말했다.

"하느님, 맙소사." 그녀가 혼잣말로 중얼거렸다.

그들은 그녀의 집 근처에 다다랐다. 그녀가 말했다. "들어가자."

은조로게는 거절했다. 그녀의 얼굴이 어두워졌다. 조용히, 거의 들리지 않을 만큼 작은 소리로, 그녀가 말했다. "알아. 우리 아버지가 치프여서 그런다는 거."

"제발……." 그는 자기가 졌음을 알았다. 그녀가 그의 마음을 꿰뚫어

봤기 때문이었다. 그들은 안으로 들어갔다. 자코보의 집은 옛날만큼 멋있진 않았다. 오래전, 산등성이에 사는 아이들과 은조로게가 자코보를 위해 제충국꽃을 따던 시절, 그는 이 집 근처에 올 때마다 속이 얹힌 듯한 느낌을 받았었다. 꽤 오랫동안 그는 이 집을 쳐다보는 것을 좋아하지 않았다. 자코보나 줄리애나가 밖에 나왔다가 그가 자신들의 유럽풍 저택을 쳐다보고 있는 것을 발견할까 봐 두려웠기 때문이다. 하지만 그곳은 지금도 꽤 인상적이었다. 은조로게는 자코보가 집에 없길 바랐다. 치프가 눈에 띄는 일은 드물었다. 그가 우리 집으로 다가오고 있다면 뭔가가 잘못됐다는 뜻이었다. 이 지역에서 치프의 이름은 공포의 대상이 되어가고 있었다. 은조로게는 예전에 시장에서 돌아오던 여자 셋이 갑자기 수풀 속으로 뛰어들었던 일을 떠올렸다. 그 모습을 본 은조로게는 왜 저러지 하고 생각했다. 그런데 저 앞을 보니 치프가 있었다. 그도 겁에 질렸지만 때를 놓쳐서 결국 피하지 못했다.

므위하키가 부엌으로 가자 그는 일어나서 거실 벽마다 걸려 있는 사진들을 구경하기 시작했다. 루시아의 어릴 때 사진, 교사가 된 후의 사진, 결혼식 사진 두 장이 있었다. 그리고 해외로 나간 오빠 존의 사진이 있었다. 므위하키는 어디 있지? 그는 사진 속 그녀가 어떤 모습일지 보고 싶었다. 그때 문에서 발소리가 나서 은조로게는 뒤돌아봤다. 자코보, 아내 줄리애나, 소총을 든 시민군 병사 세 명이 집 안으로 들어오고 있었다. 은조로게는 그들에게서 눈을 떼지 않은 채 의자로 가서 끝에 걸터앉은 다음, 왼손으로는 좌판을 짚고 오른손으로는 단추를 만지작거렸다.

"학교생활은 어떠니?" 병사들과 자리에 앉은 후에 자코보가 물었다. 줄리애나는 부엌에 가고 없었다. 자코보는 피곤해 보였다. 예전의 그 자부심 강했던 농부가 아니었다.

"괜찮아요."

"지금 몇 학년이지?"

"정규 8학년요. 올해에 중등교육 자격 검정 시험을 칠 거예요."

"그다음에 고등학교에 가는 건가?"

"네, 붙으면요."

이제 조금 용기가 생긴 은조로게는 의자에 똑바로 앉았다. 자코보의 얼굴은 약간 찌푸려져 있었다. 그가 아까와는 약간 달라진 목소리로 이렇게 말했다.

"네가 공부를 잘했으면 좋겠구나. 너 같은 애들이 열심히 공부해서 사회를 다시 일으켜 세워야 하는 거야."

은조로게는 속에서 뭔가가 움찔하는 것을 느꼈다. 그는 사회를 다시 일으켜 세우는 자신을 상상했다. 그 가능성을 생각하자 잠시 그의 얼굴에서 빛이 났다…….

그는 병사들을 곁눈질했다. 그들은 그를 쳐다보고 있었다. 그들의 빨간 추리닝을 보니 죽은 이발사가 생각났다.

그들은 언덕에 올라갔다. 둘의 집에서 가까운 곳이었다. 그녀는 잔디 위에 왼쪽 옆으로 누워서 은조로게 쪽을 쳐다봤다. 그는 똑바로 앉아서 저 밑의 들판을 보고 있었다. 그 들판은 거의 항상, 특히 우기에는 물에 잠겨 있었지만 지금은 말라 있었다. 므위하키가 그의 뒷주머니 단추를 만지작거렸다. 그러다가 일어나 앉아서 은조로게처럼 들판을 바라봤다.

그녀가 말했다. "무서웠어."

"무서워하면 안 돼." 은조로게가 말했다.

"하지만 무서웠단 말이야……. 선생님이 세상에 곧 종말이 올 거라고 했을 때."

은조로게는 그녀 쪽으로 고개를 돌리고 잠시 그녀를 쳐다보았다. 인자한 미소를 지어 보이려 했지만 실패했다. 그의 얼굴은 뭔가를 생각해내려는 사람처럼 계속 잔주름이 잡힌 굳은 표정을 하고 있었다.

"모든 게 파괴된 광경을 상상하는 건 아주 어려워……. 내 말은, 모든 게 납작해져서 저 들판처럼 된 모습 말이야. 모든 사람, 백인과 흑인, 나와 너의 피와 뼈를 상상해야 하지……."

"그만해!" 그녀는 피의 호수와 뼈의 벌판을 보고 싶지 않다는 듯이 눈을 꼭 감았다.

"네가 무서워한다는 건 알겠어." 그가 다시 한 번 인자한 미소를 지으려 애쓰며 말했다. 그녀가 두려워한다는 걸, 여자 혹은 소녀에 불과하다는 걸 알고 나니 자신이 정말로 용감해진 듯한 기분이 들었다.

"있잖아." 다시 기운을 차린 그녀가 말했다. "어느 날 밤에 자고 일어나 보니 모든 게 파괴돼서 없어졌을 수도 있다고 생각하니까 무서웠어."

"하지만 그렇게 되면 너도 사라지고 없어서 아무것도 보지 못할 거야."

"웃지 마."

"안 웃어."

사실이었다. 그 역시 그녀의 말이 실현될 가능성에 대해 생각하고 있었기 때문이다. 모든 사람들이 죽고 그만 살아남는다면 어떻게 될까? 부족을 황폐에서 구하는 데 사용하려 했던 지식으로 그가 뭘 할 수 있을까? 그리고 그는 생각했다. 우리 가족만 죽는다면 어떻게 될까? 그는 몸속 깊은 곳에서 한기를 느꼈다. 그리고 재빨리 이렇게 물었다. "너 언제 돌아가?"

"다음 주."

"그렇게 금방?" 그녀는 듣지 못했다.

"은조로게, 넌 이사야와 다른 모든 예언자들이 정말로 이 모든 걸 예언했다고 생각해?"

"성경에 나와 있는걸."

"난 그런 생각이 들었거든. 만약에 예수님이 지금 여기서 일어나는 일에 대해 알았다면 막으셨을지도 모른다고. 넌 그렇게 생각지 않아?"

은조로게는 하느님의 옳으심을 믿었다. 그래서 이 모든 일들이 결국에는 다 잘될 거라고 생각했다. 그리고 하느님이 직접 자신을 신성한 의식의 도구로 선택했을지도 모른다고 상상하자 조금 경외감을 느꼈다. 그래서 이렇게만 말했다. "하느님은 오묘한 방법으로 역사하셔."

"너도 알다시피 내가 정말로 걱정하는 건 우리 아버지야. 아버지는 예전엔, 특히 나한테는, 정말 친절하고 다정하셨어. 물론 가끔 짜증 날 때도 있었지만 별것 아니었다고. 내가 어머니한테 혼나면 항상 아버지가 위로해주셨지. 나는 아버지의 미소가 좋았고, 나중에 저런 치아를 가진 남자와 결혼하고 싶다고 생각했어……" 그녀는 말을 멈추고 잠시 생각에 잠겼다. 그러고는 뭔가가 이해 안 되는 것처럼 시선을 아래로 향한 채 말했다. "하지만 요즘 아버지는 통 말이 없으셔. 권총과 소총을 갖고 다니는 아버지는 꼭 낯선 사람 같아. 아, 내가 지금보다 크고 힘이 세다면 뭐라도 할 텐데……. 넌 안 믿을지 몰라도……."

"어디서나 마찬가지야." 그가 엉뚱한 소리를 했다. 모든 것은 변하게 되어 있다. 그러니까 사람들은 하느님을 믿고 섬기기만 하면 된다. 하지만 그녀는 그가 자기 얘기를 듣고 있지 않음을 깨닫지 못한 채 계속해서 떠들었다.

"아버지가 사람들을 죽였을지도 모른다는 생각은 하기 싫지만 자꾸 그런 의심이 들어. 아버지가 밤마다 잠에서 깨서는, 어떤 사람들이 자기 죽음에 대해 얘기하는 걸 들었다고 하시거든. 그리고 너도 알다시피 사람들이 날 피해 다니잖아, 또래 여자애들까지도. 그건, 아……."

그녀가 울음을 터뜨렸다. 은조로게는 다 큰 여자애의 눈물을 보고 기겁했다. 여자들은 다 이 모양이라니까, 그는 생각했다. 하지만 므위하키까지 이럴 거라고는 생각도 못 했다. 그는 풀잎 하나를 뜯어서 씹었다. 므위하키는 손수건을 꺼내 눈물을 닦았다. 은조로게는 고개를 돌렸다. 저 밑의 들판은 조용하고 널찍했다. 은조로게는 잠시 므위하키의 존재를 잊고 자신이 이곳에서 맡게 될 결정적 역할에 대한 생각에 빠져 있었다. 그는 골리앗의 저주로부터 이스라엘을 구한 다윗을 떠올렸다.

"너는 내가 바보 같고 약해빠진 여자애라고 생각하겠지만 나는 사람들이 죄를 지었다고 생각해."

은조로게는 그 말을 듣고 아까 나이 많은 전도사가 죄에 대해 얘기했을 때 느꼈던 감정을 느꼈다. 키쿠유족이 정말로 죄를 지었다면 하느님이 그를 이곳으로 보내신 건지도 몰랐다. 그는 사무엘을 비롯한 여러 예언자들을 떠올렸다. 하지만 므위하키에겐 이렇게 말했다. "한 민족 전체가 죄를 짓는다는 게 가능한가?"

"한 명이 죄를 지어도 하느님은 전체를 벌하셔."

그는 생각했다. 므위하키 말이 맞아. 이스라엘의 자손들에게는 이런 일이 자주 있었다. 하지만 그분은 늘 그들을 구해줄 누군가를 보내셨다.

"……그리고 죄는 누구든 지을 수 있어. 너나 나도……."

그는 깜짝 놀라 몽상에서 깨어났다. 전에도 가끔 이랬던 적이 있었다. 예를 들면 어머니와 아버지가 싸웠던 날에도 마치 자기 책임인 것처럼 죄책감을 느꼈다. 하지만 지금은 이런 생각을 억누른 채 므위하키를 쳐다보며 단호하게 말했다. "이 땅에는 평화가 찾아올 거야!" 사람들을 위로하는 그의 과업은 이미 시작돼 있었던 것이다.

"아, 은조로게, 정말 그렇게 생각해?" 마치 은조로게 자체가 위안인 양 그를 향해 슬금슬금 다가오면서 그녀가 말했다.

"응. 어두운 밤 뒤에는 늘 햇빛이 따라오잖아. 우리는 내일 태양이 떠오르리란 걸 알고 믿으면서 잠이 든다고." 그는 이런 추론이 마음에 들었다. 하지만 므위하키가 웃으면서 "내일이라. 내일은 절대 오지 않아. 난 차라리 오늘을 생각하겠어"라고 말했을 때는 조금 짜증이 났다. 하지만 희망적인 표정으로 그를 쳐다보는 그녀의 눈은 어린아이처럼 똥그래져 있었다. 어떤 생각이 떠오른 것이다. 그녀는 은조로게의 목을 끌어안고 흥분해서 그를 마구 흔들어댔다.

"왜 그래?" 은조로게가 깜짝 놀라 물었다.

"좋은 생각이 났어. 너랑 내가 여기를 떠나서 어두운 밤이 끝난 뒤에 돌아오는 거야……."

"하지만……."

"난 너한테 정말 좋은 누이가 될 거고, 맛있는 요리도 해줄 거고……."

"잠깐만."

"좋은 생각 아니야?"

은조로게는 아주 심각했다. 자신의 꿈이 그런 하찮은 계획에 의해 무너지는 것이 보였다. 그가 이렇게 자신의 사명을 저버린다면 하느님이 어떻게 생각하시겠는가?

"안 돼. 안 돼. 부모님을 두고 어떻게 가?"

"갈 수 있어……."

"그럼 어디 가서 뭘 먹고 살 건지 말해봐."

그녀는 실망한 표정이었지만 쉽게 웃어넘겼다. 그녀가 말했다. "그렇게 심각해질 것 없어. 그냥 농담한 거니까."

은조로게는 혼란스러웠고 이 여자애한테 좀 짜증이 났다. 그는 결코 그녀를 이해할 수 없었다. 하지만 그도 웃으려 애쓰며 말했다. "농담인 줄 알았어."

그가 화났다고 생각한 그녀가 이번에는 그를 달랬다.

"하지만 우리는 언제까지나 서로를 믿는 친구로 남을 거야."

"우린 지금도 친구야." 그가 말했다.

"하지만 넌 절대로 날 만나러 오지 않잖아……."

순간 그는 그녀와 자신의 차이점을 깨달았다.

"우리가 만날 일이 없긴 하지."

"다음번에 내가 집에 왔을 땐 날 혼자 두지 않을 거지?" 그녀가 또다시 눈을 크게 뜨며 애원했다. 그녀는 그에게 바싹 붙어 앉아 있었다. 그녀가 그의 셔츠 칼라를 만지작거리더니 그 위를 기어가던 벌레를 떨어냈다. 그는 오빠가 동생을 보듯 그녀를 쳐다보았다. 둘 사이의 차이는 순식간에 잊혔다. 그에게 그녀는 친동생이어도 좋을 소녀였다.

그가 말했다. "다음번엔 널 혼자 두지 않을게."

"약속하는 거야?"

"그래."

그들은 어둠에 붙잡히지 않기 위해 함께 걸었다. 새 한 마리가 울었다. 또 한 마리가 울었다. 그리고 이 둘, 각자 자기만의 생각에 빠진 소년과 소녀는 이 땅에 드리운 더 큰 어둠에 대해서는 알지 못한 채 한동안 그렇게 걸어갔다.

12장

하울랜즈 씨는 일종의 만족스러운 기쁨을 느꼈다. 그가 기동한 기계가 제대로 작동하고 있었기 때문이다. 흑인들이 흑인들을 죽이고 있었다. 그들은 마지막까지 서로를 죽일 것이다. 하지만 숲 속의 흑인들이 마을 주민 전체를 몰살한다 한들 그와 무슨 상관이겠는가? 일꾼이 줄어든다는 사실 외에 무슨 의미가 있겠는가? 서로 죽이게 내버려둬라. 서로 싸우게 둬라. 마지막에 살아남는 소수는 백인들이 그들을 위해 보존해뒀던 땅으로 만족할 것이다. 그렇다, 하울랜즈 씨는 이 일을 즐기게 되었다. 비상사태가 선포된 직후, 처음 농장에서 불려 왔을 때는 화가 났었다. 때로는 농부의 삶으로 돌아가길 갈망하기도 했다. 하지만 세월이 흐름에 따라 그들을 복종시키고 싶다는 적극적인 욕구가 그를 지배하기 시작하면서, 그의 동년배 대다수에게는 불가능할 정도로 철저하게 이 일을 하게 되었다. 그는 고개를 들어 치프 자코보를 쳐다보았다. 자코보의 얼굴이 사악한 미소로 환해졌다. 지금 그의 마음속에서 가장 강한 욕구는 치프를 걷어차고 싶다는 것이었다. 치프는 씩 웃고 있었다.

"그 무리의 우두머리가 보로인 게 확실한가?"

"아, 확신할 순 없습니다만……."

"무슨 말이야?"

"이자는, 지방관님도 아시다시피, 위험 인물로 알려져 있습니다. 그가 도망치기 전에 지방관님과 얘기를 나눴을 때도 제가 그렇게 말씀드렸죠. 뭐, 제 생각엔, 그러니까 제 말은, 그가 집에 들르는 것 같다는 소문이 있습니다……. 하지만 소문이 사실이 아니더라도 응고토는 아들의 은신처를 알고 있는 게 분명합니다."

"응고토의 움직임을 감시하고 보고할 사람을 심어놓지 않았나?"

하울랜즈 씨는 응고토와 싸우는 날이 곧 올 거라고 늘 생각했다. 응고토는 그의 적이었기 때문이다. 하지만 그가 치욕스럽게 굴복하도록 만들 수 있는 계획을 왜 늘 자신이 물리치는지는 스스로도 설명할 수 없었다. 하지만 이것은 그가 원하는 바였다. 이 일로 자기 경력의 대미를 장식하고 개선장군처럼 위풍당당하게 농부의 삶으로 돌아갈 작정이었기 때문이다. 그때까지는 지금 당장 응고토를 체포하려는 자코보의 모든 행동을 저지할 것이었다. 그는 한동안 스티븐과 함께 영국에 가 있게 해달라는 아내의 요구에 반대했던 것만큼이나 강하게 자코보의 요구에 반대할 때가 잦았다. 요즘 스티븐은 시리아나에서 몇 킬로미터 떨어진 유럽인 고등학교에 다니고 있었다.

자코보의 대답은 길었다.

"그런데요, 지방관님, 드릴 말씀이 또 있습니다. 저는, 그러니까, 말씀드리고 싶지 않았습니다만 며칠 전에 이 쪽지가 든 봉투가 저희 집 문 앞에 떨어져 있었거든요." 치프는 윗도리 안주머니를 뒤적거리다가 누군가가 손으로 쓴 쪽지를 꺼내서, 궁금해하는 하울랜즈에게 건네주었다.

당장 살인 행위를 멈추지 않으면 우리가 네 목을 가지러 가겠다.

이것은 우리의 마지막 경고다.

"아니! 이것 말고도 또 있나?"

"네…… 두 개요. 하지만……."

"그건 어떻게 했나? 이 멍청이 같으니!" 머리끝까지 화가 난 하울랜즈 씨가 벌떡 일어났다. 자코보는 문 쪽을 향해 몇 발짝 뒷걸음쳤다. 하울랜즈는 그런 무지함을 결코 이해할 수 없었다. 경고문을 두 번이나 받고서도 가만있다니! 잠시 후 진정한 그가 말했다.

"좋아, 이 일은 나한테 맡겨두게. 자네 생각엔 누가 보낸 것 같은가?"

"응고토요."

"왜 그렇게 생각하지?"

"저희 집에 쉽게 올 수 있는 사람이 달리 누가 있겠습니까? 몇 달 전에 그 집 막내가 저희 집에 오기도 했고……."

"무슨 일로?"

"아, 그 녀석은 아직 학생이고요, 에, 녀석은, 음, 제 말은, 저희 딸이……."

하울랜즈 씨는 도통 이해가 가지 않았다. 자코보는 미친 게 분명했다.

"알았네. 나한테 맡겨둬. 자네가 원한다면 병사를 더 데려가도 좋아. 호위 없이는 절대 집 밖에 나오지 말게. 응고토의 일거수일투족을 감시하고."

"알겠습니다, 지방관님."

"그리고 새로운 시민군 관사가 준비되면 가족들과 거기로 이사하는 게 좋겠네."

"알겠습니다, 지방관님."

어느 뜨거운 1월의 아침이었다. 청년 둘이 가축들이 다니는 좁은 길을 따라 성경과 찬송가책을 들고 태평하게 걷고 있었다. 그들 뒤로는 똑같이 성경과 찬송가책을 든 남녀 무리가 따라왔다. 그들은 그리스도가 가진 구원의 힘에 대해 이야기 중이었다. 그보다 더 뒤에는 나들이옷을 화사하게 차려입은 여자들이 있었다. 그들은 흥겹게 노래했다.

> 니투구우쿠고카 제에제수
> 제수 가아투우루메 카 응가이,
> 제수, 타카메 야쿠 이이테라아기아 메히아
> 은다쿠고오카 므와타니.

> 우리 주 예수님을 찬양합니다
> 하느님의 어린양 예수.
> 예수님, 당신의 보혈로 내 죄를 씻어주소서
> 오, 주여, 나 주님을 찬양합니다.

그들은 다 같이 마을에서 몇 킬로미터 떨어진 곳에서 열리는 기독교 모임에 가고 있었다.
"거의 다 와가?" 은조로게가 옆의 청년에게 물었다. 그의 이름은 무카 타였다.
"아니. 내가 얘기했던 숲이 아직 안 나왔어."
"그럼 멀었네."

"그렇게 멀진 않아. 전에도 여러 번 걸어서 갔었거든."

"사람이 많을까?"

"응. 여자가 많겠지."

"왜 여자가 많아?"

"남자들은 어디 있지?"

"우리 말이야?"

"둘뿐이라고."

"다른 사람들도 있잖아."

"그럴지도 모르지."

그들은 같이 웃음을 터뜨렸다가 순식간에 조용해졌다. 은조로게는 므위하키가 함께 있다면 얼마나 좋을까 생각했다. 하지만 이번 방학에 그녀는 집에 오는 대신 루시아네 집에 갔다. 은조로게는 그녀의 편지를 읽는 것이 항상 즐거웠다. 2학기 방학 동안에는 꽤 자주 만났다. 다만 그녀의 집에 다시 찾아가지 않았을 뿐이었다. 그들은 대화를 나눌 만할 화제를 여러 개 찾아냈다. 그는 어려움에 직면할 때마다 늘 힘이 된 그녀의 말을 지금도 떠올릴 수 있었다. "은조로게, 넌 잘할 거야. 난 알아." 시험장에 들어갈 때도 그 말을 가슴에 품고 있었다. 그는 자신을 처음 학교에 보내준 어머니와 므위하키에게 항상 고마워할 것이었다. 하지만 만약 그가 떨어진다면 어떻게 될까? 모든 게 끝날 것이다. 학교가 없는 미래는 어떤 것일까? 그러나 그는 하느님이 자신을 이끌어주시리라 믿었다.

"저기 있다! 저게 내가 말한 숲이야."

"아! 그런데 너무 울창해서 무서운걸."

그들은 바위 위에 올라섰다.

"저 너머 보여?"

"숲 뒤쪽 말이야?"

"그래. 그 뒤에, 저 언덕 왼쪽."

은조로게는 멀리 떨어진 곳에 있는 작은 언덕을 볼 수 있었다.

"보여."

"거기가 모임이 열리는 곳이야."

그들은 바위에서 내려왔다. 이사카 선생이 포함된 뒤쪽 무리가 가까이 다가왔다. 그들은 여전히 구원 이야기에 심취해 있었다. 길이 넓어지고 구불구불 휘어지다가 빽빽한 숲 속으로 접어들었다. 그때 갑자기 웬 목소리가 들렸다.

"정지!"

두 사람은 멈춰 섰다. 그리고 공포에 사로잡혔다. 왜냐하면 거기, 그들 앞에 백인 장교가 서 있었기 때문이었다.

"미코노 주우."*

그들이 양손을 들어 올리자 성경과 찬송가책이 마치 모든 사람들이 볼 수 있도록 하느님의 말씀을 전시하듯 공중에 들려 있게 되었다.

"쿠자 하파."**

그들은 그에게 다가갔다. 권총이 그들을 겨누고 있었다. 곧이어 뒤따라오던 남자 무리가 도착했다. 그들은 똑같은 절차를 거친 후 은조로게와 무카타 뒤에 줄지어 섰다. 그다음에 도착한 여자들이 이 광경을 목격하자 그들의 노랫소리가 발걸음에 맞춰 잦아들었다. 여자들은 먼저 심문을 받고 계속 가도 좋다는 허락을 받았다. 그때였다. 주위를 둘러보던 은

---

* '손들어'라는 뜻의 스와힐리어.
** '이리 와'라는 뜻의 스와힐리어.

조로게는 자신들이 수많은 병사들에게 둘러싸여 있음을 깨달았다. 그들은 덤불 속에 숨어서 기관총을 위협적으로 길에 겨누고 있었다. 은조로게는 성경을 더 꽉 쥐었다.

그들은 모두 쪼그려 앉아 신분증을 제시하라는 명령을 받았다. 다행히 은조로게와 무카타는 그들이 학생임을 보여주는, 예전 교장 선생님의 편지를 갖고 있었다. 뒤쪽의 남자들은 그렇게 운이 좋지 못했다. 그들중 한 명은 너무 많이 얻어맞은 나머지, 바지에 오줌을 지렸다. 하지만 그는 살려달라고 애원하지 않았다. 그가 반복한 유일한 말은 '예수님'뿐이었다.

이사카는 쪼그려 앉아서 조용히 이 광경을 지켜보았다. 그에겐 신분증이 없었다. 백인 병사가 소리를 질렀을 때 이사카는 차분한, 거의 체념한듯한 말투로 대답했다. 그는 어디에 신분증을 놓고 왔을까? 사탄이 그가 신분증을 깜박하고 집에 두고 오도록 만든 것이 분명했다. 하지만 백인병사는 그 말에 속아 넘어가지 않을 만큼 똑똑했다. 너는 마우마우단이야. 이사카는 다시 한 번, 자신은 예수님의 구원을 받았으므로 예수님을마우마우단과 바꾸는 것은 불가능하다고 대답했다. 백인 장교가 눈에 핏대를 세우며 그를 쳐다봤다. 하지만 손을 대지는 않았다. 은조로게는 그가 이사카를 무서워하나 생각했다. 선생님의 차분함에는 뭔가 묘한 느낌이 있었다. 다른 사람들이 풀려날 때 이사카는 남으라는 명령을 받았다. 그는 저항하지 않았다.

"이쪽으로 따라와. 예수님이 널 위해 뭘 해주실 수 있는지 보도록 하지."

그는 어둡고 빽빽한 숲 속으로 끌려갔다. 그리고 나머지 사람들이 채멀리 가기도 전에 숲을 가로지르는 끔찍한 비명 소리가 들렸다. 그들은차마 고개를 돌리지 못했다. 은조로게는 배에 힘을 주기 위해 숨을 참으려고 애썼다. 그들이 몇 걸음 더 걸어갔을 때 갑자기 또 다른 비명 소리가 들리더니 곧 귀를 먹먹하게 하게 만드는 기관총 소리에 집어삼켜졌다. 그러곤 정적이 흘렀다.

"그를 죽였어." 총성이 그친 지 얼마 뒤에 남자들 중 한 명이 말했다. 은조로게는 갑자기 모든 것이 지긋지긋했다. 이사카를, 한때 우우우라 불렀던 방탕한 선생을 더 이상 볼 수 없다는 사실은 그에게 고통스럽고도 믿을 수 없는 일이었다.

"대장님이 믿으시는 건 아무것도 없나요?"

"없어. 복수 외엔."

"땅을 되찾는 건요?"

"잃어버린 땅은 언젠가 우리에게 돌아올지도 몰라. 하지만 그 땅이 내게 의미를 갖기엔 사랑하는 사람들을 너무 많이 잃었어. 이제 와 땅을 되찾아봤자 싸구려 승리일 뿐이지." 새로운 은신처로부터 몇 킬로미터 떨어진 곳에서 부관과 함께 망을 보고 있는 보로는 예전보다 조금 말이 많았다. 옛 은신처는 이사카가 즉결 처형 되어 사라진 숲 속에 있었다. 그때 수색대는 보로가 이끄는 무리를 추적 중이었던 것이다.

보로가 숲 속에서 생활한 지도 벌써 꽤 오래되었다. 자신이 어떻게 되건 개의치 않는 저돌적인 작전 때문에 그는 투사들의 지도자가 되었다. 젊은 시절의 황금기를 '큰 전쟁'의 피바다 속에서 보냈기에 이것은 그가 잘할 수 있는 유일한 일이었다.

보로는 늘 스스로 되뇌었다. 자신이 숲 속으로 도망친 진짜 이유는 자유를 위해 싸우고 싶었기 때문이었다고. 하지만 그 열정은 금세 사라졌고 그의 사명은 복수가 되었다. 지금 그에게 열정과 대담을 줄 수 있는 것은 복수뿐이었다. 백인 한 명을 죽일 때마다 죽은 동생을 위한 복수를 실행하는 셈이었다.

"그럼 자유는요?" 부관이 물었다.

"환상일 뿐이야. 자네와 나한테 무슨 자유가 있나?"

"그럼 우리는 왜 싸우는 건가요?"

"죽이기 위해서지. 죽거나 죽이거나거든. 그러니까 계속 죽이고 살육하는 거야. 그게 자연의 법칙이니까. 백인들도 가스, 폭탄, 뭐든 사용해서 싸우고 죽이잖아."

"하지만 우리처럼 대의를 위해 싸우고 죽이는 게 아니라면 뭔가 잘못됐다고 생각하지 않으세요?"

"우리의 대의가 뭔데?"

"자유와 잃어버린 유산을 되찾는 거요."

"어쩌면 거기에도 의미가 있을지 모르지. 하지만 잃어버린 동생을 돌려줄 수 있는 게 아니라면 나한테 자유는 무의미해. 그러니까 내게 남은 것은 싸우고 죽이고, 누구든 내 칼 아래 쓰러지는 자를 보고 기뻐하는 것뿐이야. 뭐 어쨌든 치프 자코보는 죽어야 해."

"그래요. 그 얘기는 여러 번 하셨죠."

"그 얘기는 여러 번 했지." 보로가 조용히 곱씹었다.

"그런데 미루고 계시고요."

"나도 내가 왜 미루는지 모르겠어. 그런데 가끔 여기서 뭔가가 느껴질 때가 있잖나. 하지만 어쩔 수 없어. 그는 우리가 보낸 경고를 한 번도 귀담아듣지 않았으니까. 그자가 열곡(裂谷)에서 쫓겨난 불법 거주자들에게 한 짓을 보라고."

"맞아요."

"그리고 하울랜즈도."

"위험한 자죠."

"자코보만 죽여야 해. 지금 사망자가 더 나와선 안 돼."

부관은 보로를 결코 이해할 수 없었다. 어떻게 살인에 대해서, 살인이 이 땅의 법칙이라는 말을 하자마자 곧바로 다음에는 조심해야 된다는 말을 할 수 있을까.

"누가 하죠?"

"내가."

"안 됩니다. 대장님을 잃을 순 없어요. 대장님이 없으면 안 된다고요."

"내가 붙잡히면 자네가 대장을 맡아. 가르칠 건 이미 다 가르쳤어."

"안 됩니다, 안 돼요! 우리 둘 중 한 명이……."

"이건 사적인 일이야."

"하지만 저는 제비뽑기를 해야 한다고 생각합니다."

"어떻게 될지 두고 보지."

그들은 은신처로 돌아갔다.

13장

"은조로게가 고등학교에 가게 됐어요."

"고등학교에 간다고!"

"그래요. 은조로게가 중등교육 자격 검정 시험을 통과했다고요."

응고토는 기뻤다. 뇨카비와 은제리도 이 소식을 듣고 더없이 기뻐했다. 몇 년 만에 처음으로 희미한 빛 같은 것이 응고토의 눈에서 반짝였다. 심지어 허리를 꼿꼿이 펴고 걸으려는 노력까지 보였다. 마침내 가족의 자랑거리가 될 수도 있는 아들이 나타났다. 훗날 하울랜즈와 자코보를 비롯하여 그를 조금이라도 멸시했던 어느 누구의 집안과도 견줄 수 있을 만한 아들이 나타난 것이다. 카마우도 기뻐했다. 그는 자신이 계속 은조로게를 도와줄 수 있었으면 좋겠다고 생각했다. 나중에 은조로게가 가족을 위해 뭔가를 할 수 있을 테니까.

은조로게는 행복했다. 합격했음을 알았을 때 그가 가장 먼저 느낀 충동은 바닥에 무릎을 꿇고 하느님이 베풀어주신 모든 은혜에 감사하는 것이었다. "저에게 더욱더 많은 배움을 주시고 당신의 빛과 평화의 도구로 만들어주소서." 고등학교에 간다는 것, 시리아나에 있는 큰 미션스쿨에 간다는 것은 결코 작은 업적이 아니었다.

얼마 후 그는 자신이 그 동네에서 유일하게 고등학교에 진학하는 아이임을 알게 됐다. 므위하키도 시험에 붙었지만 성적이 그리 좋지 않아서 그녀가 다니던 기숙학교에서 몇 킬로미터 떨어진 사범학교에 갈 정도밖에 안 되었기 때문이다. 은조로게는 처음엔 자코보의 딸을 이겼다는 생각에 뛸 듯이 기뻤지만 곧 그녀가 공부를 계속할 수 없게 된 것에 유감을 느꼈다.

그의 합격 소식은 언덕에서 언덕으로 전해졌다. 힘든 시기였음에도 불구하고 사람들은 여전히 교육에 진정한 관심을 가지고 있었다. 서로의 차이가 무엇이건 간에 지식과 공부에 대한 관심은 보로, 자코보, 응고토 같은 사람들 간의 유일한 일치점이었다. 왜 그런지는 몰라도 키쿠유족은 늘 자신들이 구제받을 길이 교육에 있다고 봤다. 그래서 은조로게가 떠날 때가 다가오자 많은 사람들이 그가 학교에 갈 수 있도록 돈을 기부했다. 그는 이제 응고토의 아들이 아니라 키쿠유랜드의 아들이었던 것이다.

마지막 일요일에 그는 므위하키를 만났다. 그들은 매번 오르던 언덕에 또 올랐다. 마침내 자신의 앞날이 창창해진 것 같다고 생각한 은조로게는 이제 자부심과 힘이라는 새로운 감정을 지니고 있었다. 이 땅에는 그가 필요했고, 하느님은 그가 돌아와서 가족과 부족 전체를 구할 수 있는 좋은 기회를 주셨다. 그와 므위하키가 이 언덕에 오기 시작한 지도 벌써 1년째였다. 므위하키는 별로 변한 데가 없었다. 지금 그녀는 계속 풀잎을 뜯어서 씹고 있었고, 처음과는 달리 그에게서 조금 떨어져 앉아 있었다. 그들은 여러 가지 이야기를 했지만 두 사람의 마음속에 가장 크게 자리 잡은 한 가지에 대해서는 아무 말도 하지 않았다.

그때 그녀가 그에게 물었다. "언제 가?"

"다음 달 초에."

"시리아나는 좋은 학교야."

"어, 맞아!"

"사람들은 집을 떠나면 자기가 두고 온 것을 잊는 경향이 있어."

"그래?"

그녀는 상처받았다. 하지만 이렇게만 말했다. "응. 학교 졸업하면 뭐 할 거야? 내가 장담하는데 너는 큰 인물이 될 거야."

"사실,구체적인 계획은 짜지 않았어. 하지만 아마 마케레레*에 가거나 너희 오빠처럼 영국에 갈 것 같아."

"우리 오빠는 영국이 아니라 미국에 갔어."

"뭐, 어디면 어때." 그는 이렇게 말하며 마치 그녀의 존재를 지금 처음 인식한 것처럼 그녀에게 다가갔다. 그녀는 땅만 쳐다보면서 두더지가 파고 들어가서 흙이 분지 모양으로 쌓인 곳에 뭔가를 그리려 애쓰고 있었다. 그는 그녀가 왜 자기를 쳐다보지 않는지 의아했다. 혹시 질투하는 건가?

"그다음엔?"

그는 진지해져서 생각에 잠겼다. 그리고 또다시 상상의 세계에 빠졌다.

"이 사회에는 우리가 굉장히 필요해."

"너는 이 사회에 정말 네가 필요하다고 생각해?"

"응." 그가 다소 짜증스럽게 말했다. 므위하키가 지금 나를 의심하는 건가? "이 사회에는 나도 필요하고, 너도 필요하고, 나머지 사람들도 다

---

* 우간다의 수도 캄팔라 내의 지명. 지금은 우간다 기독교 대학교에 통합된 마케레레 대학교가 있는 곳이다. 마케레레 대학교는 티옹오의 모교이기도 하다.

필요해. 우리는 힘을 합쳐서 사회를 다시 일으켜 세워야 해. 내가 너희 집에 갔을 때 너희 아버지가 나한테 하신 말씀이야."

"사회는 지금 너무 어두워." 그녀가 혼잣말로 중얼거렸다.

"내일은 태양이 떠오를 거야." 그는 의기양양하게 이렇게 말하면서, 하느님에게 비밀스러운 계획이 있음을 알기에 자신은 절대 믿음을 잃지 않을 거라고 말하는 듯한 눈빛으로 그녀를 쳐다봤다.

"너는 항상 내일, 내일을 얘기해. 항상 이 사회와 이 사람들 얘기를 하지. 하지만 내일이 뭔데? 이 사람들과 이 사회가 너한테 뭔데?" 그녀는 갑자기 하던 일을 멈추고 이글거리는 눈빛으로 그를 쳐다봤다. 은조로게는 이 모습을 보고 겁을 먹었다. 그는 그녀를 화나게 만들고 싶지 않았다. 짜증이 났다. 그는 그녀를 쳐다보던 시선을 돌려서 아래의 들판을, 저 너머의 땅이 계속 뻗어나가다가 멀리 있는 언덕들로 이어지면서 안개 속으로 사라지는 것을 보았다.

"화내지 마, 므위하키. 내가 지금 무슨 말을 할 수 있겠어? 너랑 나는 희망을 믿을 수밖에 없어. 잠깐 진정하고 상상해봐, 므위하키. 만약 네가 매일매일 삶이 영원히 이러리란 걸, 매일 피가 넘쳐흐르고 숲에서는 사람들이 죽어가고 숲 밖의 사람들은 매일 살려달라고 애원하리란 걸 안다면 어떨까. 만약 네가 한순간이라도, 이런 일들이 영원히 계속되리란 걸 안다면 피바다와 죽음에 의미가 있지 않는 이상, 삶은 무의미할 거야. 분명 이 어둠과 공포가 영원히 계속되진 않을 거야. 분명 이 모든 시련 뒤에는 화창한 날, 따뜻하고 행복한 날이 올 거야. 우리가 하느님의 따스함과 순결함을 호흡할 수 있는……."

그녀는 조용히 그의 가까이에 머리를 두고 누웠다. 그녀의 눈은 그를 향한 따뜻한 기쁨으로 커져 있었다. 그녀는 이 소년이 계속해서 이야기하는 것을, 희망을 설파하는 것을 듣고 싶었다. 그녀는 이제 그를 믿을 수 있었다. 화창한 내일을 볼 수 있었고, 그로 인해 지금의 문제들을 잊을 수 있었다. 만약 모든 사람들이 하느님의 따스함과 순결함을 호흡하게 된다면, 그러면 증오와…….

"너 자는 거야?"

"아냐! 아냐!" 그녀가 재빨리 말했다.

"해가 지고 있어. 집에 가야겠다."

그들은 집에 가려고 일어섰다. 헤어질 때 그녀는 그를 쳐다보면서 단호하게 말했다. "넌 잘할 거야."

은조로게는 마음이 무거워졌고, 므위하키가 질투한다고 생각했던 데에 잠시 부끄러움을 느꼈다. 그가 말했다. "고마워, 므위하키. 너는 늘 내게 친누이 같았어."

그녀는 "고마워"라고 속삭이고는 그의 뒷모습을 보고 있다가 고개를 돌렸다. 그러곤 손수건을 꺼내어 뺨 위의 축축한 것을 닦으면서 집을 향해 더 빨리, 더 빨리 달렸다.

14장

　시리아나 고등학교는 유명한 배움의 전당이었다. 식민지에 가장 먼저 세워진 학교들 중 하나였지만 주로 이 학교를 설립한 선교사들의 노력에 의해 상당한 규모로까지 커졌다.

　은조로게에게 이곳에 오는 것은 꿈의 실현에 가까웠다. 이곳에서 그는 처음으로 백인 교사들에게 배우게 될 터였다. 이 사실이 그를 혼란스럽게 했다. 지금껏 백인들과 제대로 접촉해본 적은 한 번도 없었지만 만약 그가 만난 백인이 그를 괴롭히거나 혼쭐내려 했다면 그러려니 했을 것이다. 심지어 어떻게 반응해야 할지도 알았을 것이다. 하지만 그를 향해 미소 짓거나 웃을 수도 있는 백인은 달랐다. 그와 친구가 되고 그의 신앙생활을 도와주려는 백인은 달랐다.

　그는 이곳에서 여러 부족 출신 아이들도 만났다. 이 경우에도, 만약 그들이 그를 만나 위험한 주술을 걸려고 했다면 그러려니 했을 것이다. 하지만 그가 만난 애들은 오히려 모든 면에서 그와 비슷했다. 그는 난디, 루오, 와캄바, 기리아마와 친구가 되었고 함께 공부했다. 그들은 희망과 두려움, 사랑과 미움을 가진 아이들이었다. 설사 그들 중 어느 누구와 싸우거나 누군가를 미워했다 한들, 어떤 고향 친구를 대할 때와도 똑같았을 것이다.

이 혼란스러운 형국 속에서 학교는 평화의 철옹성과도 같았다. 여기서는 하느님을 만나는 것이 가능했다. 그가 많은 시간을 보내는, 예배당이라는 서늘한 안식처에서뿐만 아니라 도서관의 고요함 속에서도 만날 수 있었다. 고향에서 살 때부터 오랫동안 자신을 따라다녀온, 불행과 고난의 시선으로부터 벗어나리라는 생각을 처음으로 하게 됐다. 여기서라면 생각을 정리하고 미래를 위한 명확한 계획을 짤 수 있었다. 인내심을 갖고 열심히 공부하면 배움을 향한 욕구가 충족될 거라는 확신이 들었다. 어쩌면 곧 새로운 날을 알리는 태양이 떠오를지도 몰랐다.

시리아나 고등학교는 아시아인 학교, 유럽인 학교 몇 군데와 함께하는 친선경기에 참가했다. 그중 힐 고등학교는 유럽인 남학생들이 다니는 명문이었다.

힐 고등학교는 시리아나에 축구 팀을 보냈다. 이때가 4시였다. 선수 열한 명 외에 구경만 하러 따라온 아이들도 몇 있었다. 은조로게는 축구를 하지 않았기 때문에, 어쩌다 보니 축구 경기에 적극적인 관심이 없는 방문객 한 명과 대화를 나누게 되었다. 그런데 은조로게는 이 소년과 이야기를 하기 시작하자마자 전에 어딘가에서 그를 만난 적이 있다고 느꼈다. 그 소년은 키가 컸고, 긴 갈색 머리를 하고 있어서 바람에 날린 머리카락이 자꾸 얼굴로 내려왔다. 그는 머리카락 몇 가닥을 제자리로 되돌리기 위해 계속 머리를 흔들어야 했다.

"전에 너를 본 적이 있는 것 같아." 한참 소년을 구경시켜주던 은조로게가 마침내 말을 꺼냈다.

"그래?" 소년이 은조로게의 눈을 똑바로 쳐다봤다. 처음에는 혼란스러워하는 듯했지만 곧 얼굴이 밝아졌다. 그가 말했다. "아, 너 키팡가에서 왔어?"

"응. 거기서 널 봤어."

"생각나. 네 아버지가 바로 그 웅고토……." 그가 갑자기 말을 멈췄다.

"내 이름은 스티븐이야. 스티븐 하울랜즈."

"나는 은조로게야."

그들은 말없이 계속 걸었다. 은조로게는 자기가 스티븐을 두려워하고 있지 않음을 알았다. 여기 학교에서는 스티븐도 그냥 학생일 뿐이었다. 은조로게는 다른 학생을 두려워할 필요가 없었다.

"넌 언제 여기 왔어?"

"올 초에. 너는?"

"2년 전부터 힐 고등학교에 다니고 있어."

"여기 오기 전에는 어디 학교를 다녔는데?"

"나이로비. 너는?"

"나는 카마호우 중학교를 다녔어."

"네가 우리 집 근처를 지나갈 때 다녔던 학교가 거기야?"

"아니. 그건 카마에 초등학교였고 정규 4학년까지 거길 다녔지. 그때 날 봤어?"

"응." 스티븐은 비단 은조로게한테만이 아니라 아무 아이한테나 말을 걸려는 목적으로 집 근처 산울타리에 여러 번 숨어 있곤 했던 일을 쉽게 떠올릴 수 있었다. 하지만 그들이 가까이 다가오면 그는 매번 겁을 먹었다.

"우리는 널 못 봤는데."

"길 근처에 숨곤 했거든. 너희한테 말을 걸고 싶어서." 스티븐은 이제 서먹함을 잊어가고 있었다.

"근데 왜 안 걸었어?"

"무서워서."

"무서웠다고?"

"그래. 너희가 대답을 안 하거나 나랑 놀기 싫어할까 봐 무서웠어."

"그 정도로 심했어?"

"심했던 건 아니고." 그는 동정을 원치 않았다.

"나도 도망가서 미안해. 나도 무서웠거든."

"무서워?" 이번에는 스티븐이 놀랄 차례였다.

"응. 나도 네가 무서웠어."

"내가 해칠 것도 아닌데?"

"그건 나도 마찬가지지. 네가 무슨 꿍꿍이인지 내가 어떻게 알았겠어?"

"이상하네."

"그래. 이상해. 미리 무서워할 준비가 되어 있어서 뭔가를 무서워하는 건 이상한 일이야. 그건 뭔가를 두려워하라고 배웠기 때문인지도 모르고, 아니면 본능적으로 낯선 것을 두려워하기 때문인지도 모르지······. 적어도 난 그래. 우리 형들은 나이로비 길거리를 걸어보고 돌아오더니 유럽인들이 자기를 쳐다보는 방식이 싫었다고 말했어."

"그건 어딜 가나 마찬가지인 것 같아. 내 친구들 중에도 아프리카인들이 자기를 쳐다보는 방식이 싫다고 하는 애들이 많아. 나이로비를 걷고 있든 시골을 걷고 있든, 하늘은 맑고 햇빛은 쨍쨍해도 하늘의 아름다움을 마음껏 즐길 수 없지. 찌릿찌릿한 긴장감이 감도는 걸 알고 있으니까······. 만질 수도 없고, 볼 수도 없지만······ 항상 인식하고 있지."

"맞아. 때로는 미쳐버릴 것 같을 정도로. 그게 두렵고 도망치고 싶어도 소용없다는 걸 알아. 어딜 가든 거기 있다는 걸 아니까."

"끔찍해."

"끔찍하지." 은조로게도 동의했다. 그들은 아무도 벗어날 수 없는 불안과 공포라는 공통된 경험으로 결속되어 서로를 가깝게 느꼈다.

"시골은 정말 멋지고 매력적이야······."

"햇빛과 비와 바람과 산과 계곡과 들판의 땅이지. 아······ 하지만 햇빛은······."

"요즘은 너무 어둡지."

"맞아······ 정말 어두워. 하지만 다 괜찮아질 거야."

은조로게는 아직도 미래를 믿었다. 더 나은 날에 대한 희망은 그가 우는 아이에게 줄 수 있는 유일한 위안이었다. 그는 미래에 대한 이 믿음이 지금의 현실로부터 도피의 한 형태가 될 수도 있음을 알지 못했다.

두 사람은 인파로부터 떨어져 나와 아카시아 나무 밑에 함께 서 있었다.

"난 곧 고향을 떠나."

"어디로 가는데?"

"영국으로."

"거기가 고향 아니야?"

"아니야. 난 여기서 태어났고 영국엔 한 번도 가본 적 없어. 심지어 가고 싶지도 않아."

"꼭 가야 돼?"

"응. 아버지는 반대하시지만 어머니가 가고 싶어 하셔."

"언제 가는데?"

"다음 달에."

"돌아오게 되면 좋겠다."

자신이 원치 않는 일을 해야 하는 이 젊은이에 대한 연민의 물결이 은조로게의 마음을 가득 채웠다. 적어도 그, 은조로게는 자신의 고장과 생사를 같이할 것이었다. 그에게는 달리 갈 곳이 없었다.

"나도 돌아오고 싶어."

"아버지도 같이 가시는 거야?"

"아니. 아버지는 여기 남으실 거야. 하지만…… 하지만…… 가끔 그런 느낌이 들 때가 있잖아, 어떤 사람이랑 다신 영영 못 만날 것 같은……. 지금 내 느낌이 그래. 그래서 끔찍하다는 거야."

다시 한 번 그들 사이에 침묵이 자리 잡았다. 은조로게는 화제를 바꾸고 싶었다.

"진영을 교체했네."

"가서 응원하자."

경기장으로 돌아가자 둘은 다시 서먹해졌다. 그들은 마치 또 마주칠까 봐 두려운 것처럼 서로 다른 방향으로 걸어갔다.

므위하키는 자주 편지를 썼다. 은조로게는 그녀가 사범학교로 떠나기 직전에 처음으로 보낸 편지를 떠올렸다.

은조로게에게

넌 내가 널 얼마나 보고 싶어 하는지 모를 거야. 지난 며칠 동안 네 생각밖에 안 했어. 네가 이렇게 멀리 있으니까 널 생각하면 너무 마음이 아파. 하지만 거기서 네가 뭘 하는지 아니까 어쩔 수 없지. 넌 강단이 있으니까 거기서도 잘할 거야. 난 널 믿어.

난 다음 주에 사범학교로 떠나. 여기서 사는 건 지옥 같았어. 아버지는 너무 많이 변하셨어. 뭔가를 두려워하시는 것 같아. 매일 새로운 사람들이 체포되고 마우마우단이 집에 불을 질렀지. 어제는 어떤 사람들이 두들겨 맞는 것을 봤는데 너무나 끔찍하게 살려달라고 애원하며 울더라. 무슨 일이 일어나고 있는 건지 모르겠어. 어딜 가나 공포뿐이야. 죽음에 대한 공포가 아니라 삶에 대한 공포.

나도 온통 그 생각뿐이어서 이 상태가 계속된다면 미쳐버릴 수도 있을 것 같아……. 이 얘기를 하는 이유는 내가 이 모든 것으로부터 벗어날 거란 사실이 얼마나 기쁜지 너에게 알려주기 위해서야…….

은조로게는 연말이 돼서 집에 돌아가면 어떤 변화를 보게 될까 생각했다. 그는 정말로 집에 돌아가고 싶은 걸까? 돌아가면 불행이 마음의 평화를 갉아먹을 게 분명했다. 그는 돌아가고 싶지 않았다. 자신이 충분한 배움을 얻을 때까지 여기 있는 것이 귀향을 더 가치 있게 만들어주리라 생각했다.

15장

월요일 아침이었다. 은조로게는 고등학교에서 첫 두 학기를 마치고 세
번째 학기에 재학 중이었다. 그리고 그 3학기도 이제 거의 끝나갔다. 그
는 평소처럼 일어나서 아침기도를 하고 조회에 나가기 위한 준비를 했
다. 쌀쌀하지만 아주 상쾌한 아침이었다. 점호가 끝난 뒤에는 하느님과
교감하기 위해 예배당에 갔다가 아침 식사를 하러 식당에 갔다. 그것이
그의 일과였다. 어젯밤에 수업 준비를 다 끝내지 못했기 때문에 식사는
빨리 끝냈다.

첫 수업은 영어였다. 은조로게는 영문학을 좋아했다.

"어이, 오늘 기분 좋아 보이는데." 한 아이가 그를 놀렸다.

"난 항상 기분 좋은걸." 그가 말했다.

"수학 시간에는 아니잖아." 다른 아이가 끼어들었다.

그들은 다 같이 웃었다. 은조로게의 웃음소리가 교실 안에 울려 퍼졌
다. 처음 말을 걸었던 소년이 말했다. "봐, 얘 웃는 것 좀 보라고. 이번 시
간이 영어라서 이렇게 기분이 좋은 거야."

"그럼 내가 울었으면 좋겠어?" 은조로게가 물었다. 그는 자신감이 넘쳤다.

"아니. 그냥 우리 어머니가 남자는 아침에 너무 들뜨면 안 된다고 하셔서. 나쁜 징조래."

"그런 건 다 미신이야."

하지만 은조로게는 마지막 말이 마음에 들지 않았다. 지난 일주일 내내 그는 악몽에 시달렸다. 그 꿈의 영향이 너무 커서 므위하키한테 편지도 쓰지 못했다. 하지만 오늘 밤에는 꼭 편지를 쓸 작정이었다. 스티븐이 영국으로 돌아갔고 그의 누나도 같이 갔다고 그녀에게 말하고 싶었다. 하지만 누나는 선교 활동을 계속하러 돌아올 예정이라고. 스티븐을 처음 만났을 때 그는 므위하키에게 보낸 편지에서 스티븐의 인상을 말해주었다. "그는 외롭고 슬퍼 보였어"라고 끝맺었다.

교실은 고함 소리로 왁자지껄했다. 그때 한 소년이 속삭였다. "선생님 오신다. 쉿!" 그러자 교실이 조용해졌다. 선생님이 들어왔다. 그는 늘 정시에 왔다. 은조로게는 이 선교사들이 자기 일에 보이는 헌신에 자주 놀라곤 했다. 혹자는 그들에게 있어 가르치는 일이 생사의 문제라고 생각했을지도 모른다. 게다가 그들은 백인이었다. 그런데도 그들은 절대 피부색에 대해 얘기하지 않았고, 절대 아프리카인들을 깔보지도 않았으며, 여러 부족 출신의 흑인 동료들과 가까이서 일하고 농담하고 웃었다. 은조로게는 때때로 모든 곳이 여기 같았으면 좋겠다고 생각했다. 이곳은 작은 낙원, 계급과 종교가 서로 다른 아이들이 그 사실을 전혀 의식하지 않고 함께 생활할 수 있는 낙원이었다. 많은 사람들은 학교 안의 이러한 화합이 교장 선생님이 때문이라고 믿었다. 그가 흑백을 막론하고 누구한테나 가혹한, 이상한 사람이기 때문이라는 것이었다. 그는 좋은 것을 칭찬하는 만큼이나 빠르게 자신이 악이라고 생각하는 것은 탄압했다. 모든 사람의 장점을 끄집어내서 학교의 명성을 드높이는 데 사용하려고 애썼다. 하지만 그는 가장 좋은 것, 정말 훌륭한 것은 백인에게서만 나올 수 있다고 믿었다. 그래서 학생들이 인류의, 특히 흑인의 유일한 희망으로서 백인의 문명을 따라 하고 소중히 하도록 가르쳤다. 따라서 어떤 식으로든 백인의 지배와 문명화 계획에 사람들이 불만을 갖도록 만들려는 모든 흑인 정치가에게는 당연히 반대했다.

교장 선생님이 교실 문 앞에 나타났을 때 은조로게는 한창 질문에 대답하던 중이었다. 선생님이 교장 선생님의 용건이 무엇인지 물어보려고 밖으로 나갔다. 잠시 후 그가 돌아오더니 은조로게를 쳐다보면서 밖에서 너를 부른다고 말했다.

은조로게는 심장이 두근거렸다. 그는 교장 선생님이 자신에게 무슨 할 말이 있는지 몰랐다. 교장실 밖에 검은 차 한 대가 서 있었다. 은조로게는 교장실에 들어가서 경찰관 둘을 보았을 때에야 비로소 바깥의 차가 자신과 관계있음을 알았다. 그의 심장은 두려움으로 쿵쾅쿵쾅 뛰었다.

교장 선생님이 경관들에게 뭐라 뭐라 이야기하자 그들은 즉시 밖으로 나갔다.

"앉아라." 이미 무릎이 말을 안 듣고 있던 은조로게는 기꺼이 의자에 털썩 주저앉았다. 교장 선생님은 연민 어린 눈으로 그를 쳐다보더니 말을 이었다. "네 가족 일은 유감이구나."

은조로게는 교장 선생님의 얼굴과 입술을 지켜보았다. 그리고 표정에는 드러내지 않았지만 신경을 곤두세우고 이를 악문 채 귀를 기울였다.

"지금 당장 집에 가봐야겠다. 슬픈 일이야…… 하지만 네 가족이 과거에 너에게 무슨 일을 시켰건 예수님이 문을 두드리면서 들여보내주길 기다리신다는 걸 잊지 마라. 그게 우리가 널 인도하려고 했던 길이니까. 네가 우릴 실망시키지 않길 바라마." 교장 선생님은 당장이라도 울음을 터뜨릴 것처럼 말했다.

하지만 은조로게는 차가 있는 데로 가면서 교장 선생님이 그의 가족이 무슨 짓을 저질렀는지에 대한 단서조차 주지 않았음을 깨달았다. 그의 위로는 은조로게의 괴로움만 더해주었을 뿐이었다.

은조로게는 시민군 부대에서 겪은 일을 절대 잊지 못할 것이다. 예의 그 부대는 일반인들에게 '고통의 집'으로 알려져 있는 곳이었다. 부대에 도착한 다음 날 그는 어떤 작은 방으로 불려 갔다. 유럽인 장교 둘이 앉아 있었는데 한 명은 붉은 수염을 기르고 있었다.

"이름이 뭐지?" 회색 눈이 은조로게를 쏘아보는 가운데, 붉은 수염이 물었다.

"은, 조, 로, 게입니다."

"몇 살인가?"

"열아홉 살쯤 되었을 겁니다."

"세마 아판데*!" 방 밖의 시민군 병사 한 명이 외쳤다.

"아판데."

"서약을 했나?"

"아니에요!"

"세마 아펜데!" 아까 그 병사가 또 외쳤다.

"아닙니다. 아펜디."

"몇 번이나 서약을 했지?"

---

* 상관이나 상전을 부르는 말.

"한 번도 안 했다니까요, 아펜디!"

주먹은 빨랐다. 눈을 맞아서 앞이 캄캄해졌다. 회색 눈이 일어나는 건 보지도 못했다.

"서약을 했느냐고 물었다."

"저, 는, 학, 생, 입, 니, 다, 아펜디." 그가 자동적으로 양손으로 얼굴을 가리며 대답했다.

"몇 번이나 서약을 했지?"

"한 번도 안 했습니다."

또다시 주먹. 자신도 모르게 눈물이 뺨 위를 흘러내렸다. 그는 학교의 평온함을 떠올렸다. 그것은 잃어버린 낙원이었다.

"보로를 아나?"

"저희…… 형입니다……."

"어디 있지?"

"모…… 모릅니다……."

은조로게는 더러운 바닥에 누워 있었다. 회색 눈의 얼굴은 시뻘게져 있었다. 그는 은조로게를 빌어먹을 마우마우단이라고 부를 때 외에는 한 마디도 하지 않았다. 잠시 후 문 앞에 서 있던 시민군 병사 두 명이 은조로게를 밖으로 끌고 나갔다. 그가 의식을 잃었기 때문이다. 회색 눈의 징 박힌 군화가 제 할 일을 한 곳은 피투성이가 되어 있었다.

그는 밤늦게 혼수상태에서 깨어났다. 그가 있는 오두막에서 멀지 않은 곳에서 여자의 비명 소리가 들렸다. 혹시 은제리인가? 아니면 뇨카비? 생각만으로도 몸이 떨렸다. 죽기 전에 어머니들을 다시 한 번 보고 싶었다. 이제 끝이라고 생각했기 때문이다. 어쩌면 죽음도 그리 나쁜 게 아닐지도 몰랐다. 죽음이라는 깊은 잠에 빠지면 다시는 깨어나서 살아 있는 공포, 죽어가는 희망, 잃어버린 꿈을 보지 않아도 되니까.

그들의 일은 끝난 게 아니었다. 다음 날 그는 또다시 방에 불려 왔다. 그들이 똑같은 질문을 또 하면 어떻게 해야 할까? 거짓말을 해야 하나? 그가 모든 질문에 네라고 대답하면 그를 가만히 내버려둘까? 그럴 것 같진 않았다. 그의 온몸은 부어 있었다. 하지만 제일 나쁜 건 이게 어찌 된 영문인지 그가 전혀 알지 못한다는 사실이었다.

"네가 은조로게인가?"

"네에에."

"서약을 했나?" 모든 시선이 그를 향했다. 은조로게는 잠시 망설였다. 하울랜즈 씨도 배석해 있는 것이 눈에 띄었다. 회색 눈이 그 순간적인 망설임을 알아차리고는 이렇게 말했다. "잘 들어, 사실대로 말해. 사실대로 말하면 풀어주겠다." 육체적인 고통이 그에게 네라고 말할 것을 요구했지만 그는 본능적으로 아니요라고 하면서 문 쪽으로 몇 발짝 뒷걸음쳤다. 하지만 그에게 손댄 사람은 아무도 없었다.

"누가 자코보를 살해했나?" 하울랜즈 씨가 처음으로 물었다. 그 말을 듣고 은조로게는 잠시 온몸을 부들부들 떨었다. 구역질이 날 것만 같았다.

"살해요?" 그가 전혀 믿을 수 없다는 듯이 쉰 목소리로 속삭였다. 불현듯 므위하키는 무사한지 알고 싶은 강렬한 욕구에 사로잡혔다. 잠깐 동안이었지만 자기가 적들과 이야기하고 있다는 사실을 잊어버릴 정도였다.

백인들은 그를 면밀히 관찰하고 있었다.

"그래. 살해당했어."

"누구한테요?"

"그건 네가 말해줘야지."

"제가요? 하지만……."

"그래. 네가 말해봐."

하울랜즈 씨가 일어나서 은조로게에게 다가왔다. 무서워서 감히 쳐다볼 수가 없었다. 그가 말했다. "내가 가르쳐주지." 그가 펜치로 은조로게의 은밀한 부위를 잡더니 머뭇거리며 누르기 시작했다.

"너는 네 아비처럼 거세될 거다."

은조로게가 비명을 질렀다.

"말해. 자코보의 집에 가서 정보를 수집해 오라고 널 보낸 사람이 누군지……."

은조로게는 아무것도 들을 수 없었다. 그만큼 고통이 심했다. 하지만 그 남자는 계속 말하고 있었다. 그리고 질문을 할 때마다 더 세게 눌렀다.

"네 아비가 자코보를 죽였다고 자백한 건 알고 있겠지."

그는 계속 비명을 질렀다. 하울랜즈 씨는 그를 지켜봤다. 소년은 애원하듯 양팔을 들며 눈을 까뒤집더니 몸이 축 늘어지면서 바닥에 쓰러졌다. 하울랜즈 씨는 소년을 내려다보다가 장교들을 한 번 쓱 쳐다보곤 밖으로 나갔다. 붉은 수염과 회색 눈이 조롱하듯 웃었다.

그들이 은조로게를 다시 건드리는 일은 없었다. 며칠 후 그가 건강을 되찾자 그와 두 어머니는 풀려났다.

그가 갇혀 있는 오두막은 어두웠다. 응고토는 지금이 밤인지 낮인지 알 수 없었다. 그에게 어둠과 빛은 똑같은 것이었고, 시간은 무(無)의 연속이었다. 모로 누워서 자려고 했지만 멀쩡한 곳이 엉덩이뿐이었다. 그래서 매일 똑같은 자세로 앉아만 있었다. 하지만 고통을 덜어줄 잠은 오지 않았다. 그는 자신의 삶을 잊고 싶었다. 돌아보면 보이는 거라곤 오직 실패뿐이었기 때문이다.

자신이 자식들을 실망시켰다는 생각이 늘 그를 따라다녔다. 이 재앙이 닥치기 전에도 그에게 삶은, 그가 자신이 소중히 여기던 것으로부터 단절되었듯이, 무의미하고 그와 단절된 것이 되어 있었다.

하지만 이런 고통에도 불구하고 자코보의 죽음은 전혀 애석하지 않았다. 사실 자코보가 죽은 직후에 응고토는 감사함을 느꼈다. 신께서 정의를 구현했다고 생각했다. 그렇게 하루 이틀 허리를 꼿꼿이 세우고 걸어다니다가 아들 카마우가 살해 관련 혐의로 체포되었다는 소식을 듣게 되었다. 그는 하루 하고 반일 동안 결심을 하지 못했다. 하지만 밤이 되자 자신이 무엇을 해야 할지 깨달았다. 키쿠유족 속담에 '하이에나에게 먹이를 두 번 주어서는 안 된다'는 말이 있다. 이제 백인들이 부족 법을 거꾸로 자신들한테 적용해서 '이에는 이'를 외쳤으니, 아무것도 베어 물지 못하는 응고토의 오래된 이를 그들에게 주는 편이 나았다. 지방관 사무실에 걸어 들어가서 자기가 자코보를 죽였다고 인정할 용기가 어디서 나왔는지는 응고토 자신도 알지 못했다. 그것은 온 마을을 충격에 빠뜨린 고백이었다.

벌써 며칠째 온갖 방법으로 고문당하고 있었지만 응고토는 자신이 자코보를 죽였다는 사실 외에는 아무것도 말하지 않았다.

하울랜즈 씨는 정부 관리나 백인이 으레 그러듯 법을 자기 마음대로 주물렀다. 그는 이 사내로부터 모든 정보를 뽑아내기로 결심한 상태였다. 그래서 매일매일 응고토를 두들겨 패라고 시켰다. 응고토를 정복해서 굴복하게끔 만들기로 결심했기 때문이었다.

한때 그를 위해 일했으나 그의 뜻을 좌절시켰던 응고토는 이제 그에게서 벗어날 수 없었다. 그에게 응고토가 앞길을 가로막는 악의 상징이 되었기 때문이다.

그리고 정말로 그는 응고토와 관련된 일에는 불같이 화를 냈다. 그의 밑에서 일하는 시민군 병사들도 지방관이 이 사내에게서 정보를 뽑아낼 때는 옆에 있길 두려워했다.

하지만 응고토는 계속 같은 주장을 고집했다.

은조로게는 늘 어떤 순간의 어려움에 직면했을 때 다가올 더 나은 날을 생각함으로써 위안을 받는 공상가이자 몽상가였다. 학교에 다니기 전에 한번은 먼 친척 아저씨네 집에 보내져서 소 돌보기를 도운 적이 있었다. 소를 돌보는 일은 아주 힘들었다. 하지만 다른 아이들처럼 우는 대신 그는 나무 위에 앉아서 자기가 학교에 있다고 상상했다. 그러면 힘든 일들이 사라질 것이었기 때문이다. 그렇게 한 시간 동안 그는 자기가 자라서 학교에 다니고 있는 모습을 보았다. 그 결과 소들이 샴바의 풀을 너무 많이 먹어치우는 바람에 아저씨는 곧바로 은조로게를 집으로 돌려보낼 수밖에 없었다.

하지만 이런 모든 경험들이 이제는 그가 살고 있다고 믿었던 것과는 다른 세상을 보여주는 충격으로 다가왔다. 이런 문제들에 끝도, 해결책도 없는 것처럼 보였기 때문이다. 처음에는 일종의 마비 효과 때문에 아무것도 느껴지지 않는 듯했다. 그가 아는 건 아버지와 하나 남은 형이 곤경에 처했고 자신이 학교에 있지 않다는 사실뿐이었다.

하지만 머리가 맑아진 뒤에도 예전의 공포가 다시 엄습해 그를 괴롭혔다. 집안이 풍비박산 나려 하는데 그에게는 막을 힘이 없었다. 그래서 아버지가 정말로 살인을 했을 수도 있다는 사실에 대해서는 깊이 생각하고 싶지 않았다. 그 일에 대해서는 뇨카비나 은제리와도 얘기하지 않았다. 그 문제로 그를 들볶은 적이 없는 것으로 보아 그들은 아마도 그를 이해하는 듯했다. 다만 어느 날 저녁, 모든 불이 꺼지고 온 마을의 목소리들이 잠잠해졌을 때 어머니가 그에게 뭔가를 얘기하려 한 적이 있었다.

"은조로게." 어머니의 것처럼 들리지 않는 목소리였다.

"네, 어머니." 그는 그녀의 다음 말이 무엇일까 두려워 살짝 숨을 죽였다. 하지만 그녀는 말을 잇지 못했다. 은조로게는 뇨카비가 울음을 참으려고 애쓰는데 잘되지 않는 듯 계속 훌쩍이는 소리를 들을 수 있었다. 그는 숨을 내쉬면서 고통스러운 안도감을 느꼈다.

하지만 항상 아무 생각도 하지 않을 수 있었던 건 아니었다. 지난번 므위하키의 집에서 보았던 모습의 치프가 살해당한 광경이 그의 머릿속에 떠올랐다. 그가 누구를 보고 무엇을 보든 거기에는 치프의 모습이 새겨져 있었다. 그리고 그것은 성공으로 가는 문이 열렸을 때 그에게서 승리를 앗아 간 것을 상징하는 이미지가 되었다.

딱 한 번 그는 므위하키 생각을 했다. 어머니가 그에게 뭔가를 말하려 했던 밤의 일이었다. 그녀를 생각하자 죄책감이 들었다. 그가 그녀를 계속 만난 탓에 이 모든 불운이 찾아온 것만 같았다. 그는 밤 저편의 어머니에게 외치고 싶었다. 어머니한테 이 모든 불운을 가져온 건 바로 저예요. 그는 이유도 모르면서 스스로를 증오했고 그로 인해 치프를 한층 더 증오했다.

이 감정 때문에 가슴이 너무 답답해지자 그는 어느 날 밤 집을 나섰다. 다들 잠든 조용한 밤이었다. 훗날 은조로게는 이날 어떻게 자신에게 그런 용기가 났는지 의아해하게 된다. 그는 마치 싸울 준비를 하는 사람처럼 주먹을 꼭 쥔 채 치프의 옛 집을 향해 걸었다. 치프의 유령이 나타나 길을 안내했다. 이 답답함에 종지부를 찍고 싶었던 그는 유령을 따라

갔다. 그는 치프에게 복수를 하고 자기 가족을 위해 한 방 날릴 작정이었
다. 하지만 폐가 가까이에 이르자 유령은 므위하키로 변했다. 그는 그녀
를 때리려다가 자신이 원하는 것은 그녀를 안고 함께 이 재앙으로부터
도망치는 것임을 깨달았다. 그녀는 그의 마지막 희망이었다. 그리고 은
조로게는 자신이 무서운 꿈이라 생각했던 것에서 깨어났다. 집을 둘러싼
산울타리 뒤에서 발소리가 들렸다. 그곳을 여전히 보초가 지키고 있다는
사실을 잊고 있었던 것이다.

　그는 조용히 왔던 길을 되돌아갔다. 다음 날 아침이 되었지만 스스로
도 자신의 진짜 속마음이 두려웠기에 어머니의 얼굴을 보고 싶지 않았다.

　그날 처음으로 그는 두려움과 죄책감 때문에 울었다. 그리고 기도를
하지 않았다.

16장

뇨카비와 은제리는 구석에 앉았다. 그들의 뺨 위로 눈물이 흘러내리는 것이 보였고 그 광경에 은조로게는 우울해졌다. 남자가 아플 때 여자들이 울면 환자한테 가망이 없다는 뜻이라는 얘기를 어렸을 때 들었기 때문이었다. 하지만 아버지의 울퉁불퉁한 얼굴을 보면서도 그에게는 우는 여자들을 막거나 달랠 힘이 없었다. 은조로게는 처음으로 '내일'이 해답이 아닌 문제에 직면했다. 이 깨달음으로 인해 그는 스스로의 나약함을 느끼고 비상사태를 새로운 시각에서 보게 되었다.

응고토가 힘겹게 옆으로 눕더니 처음으로 눈을 떴다. 뇨카비와 은제리가 재빨리 침대로 다가갔다. 응고토의 시선이 오두막 안을 헤매다가 은제리와 뇨카비의 얼굴에 차례로 머물렀다. 그는 말을 하려는 듯 입을 벌렸지만 대신 굵은 눈물 방울이 얼굴을 흘러내렸다. 그는 눈물을 닦으려했다. 하지만 손을 들 수 없었으므로 속수무책으로 눈물이 흐르게 둘 수밖에 없었다. 두 방울이 더 흘러내린 뒤에 응고토는 시선을 돌려 은조로게를 쳐다봤다. 그는 뭔가를 기억해내려 애쓰는 듯했다. 그러고는 힘들

게 입을 떼었다.

"너 왔구나……."

"네, 아버지."

이것으로 은조로게의 희망에 다시 불이 붙었다. 아버지의 의식이 아직
또렷한 걸 보니 차가운 안도감이 느껴졌다.

나흘 전 시민군 부대에서 데려온 이래로 응고토가 처음 한 말이었다.
은조로게는 아주 오랫동안 이날을 기억하게 된다. 석방됐을 때 응고토는
양쪽에서 남자의 부축을 받아야 했다. 얼굴은 작은 상처와 흉터 때문에
변형되어 있었다. 코는 두 조각 났고 다리는 질질 끌 수만 있었다. 그리
고 지금까지 나흘 동안 그의 입과 눈은 쭉 닫혀 있었다.

"너 학교에서 왔니……."

"네, 아버지."

"나를 보러……."

"네." 그는 거짓말했다.

"너도 거기서 맞았어?"

"아니에요, 아버지."

"그러면…… 너는…… 날 비웃으러 왔구나. 제 아비를 비웃으러 왔어.
난 곧 죽을 테니 걱정 마라."

"그런 말씀 마세요, 아버지. 모든 게 아버지 덕택인걸요. 오, 아버지, 아버
지 없이 우리가 뭘 할 수 있겠어요?" 은조로게는 아랫입술을 깨물었다.

응고토가 계속 말했다. "네 형들은 아무도 없냐?"

"돌아올 거예요, 아버지."

"하! 내가 죽으면. 묻으러 오겠지. 카마우는 어디 있냐?"

은조로게는 망설였다. 그러자 응고토가 말을 이었다. "그들이 카마

우를 죽일지도 몰라. 그 애를 부대에서 끌고 가지 않았더냐? 하지만 왜……. 놈들은 늙은이의 피는 원치 않아. 나한테 묻지 마라. 내가 자코보를 죽였냐고? 내가 그를 쐈냐고? 나도 모른다. 남자는 자기가 죽일 때를 모르는 법이야. 나는 오래전에 그자에 대한 판결을 내리고 형을 집행했다. 하! 그자더러 다시 오라고 해. 그자더러……. 아, 그래, 나도 알아……. 아! 그들이…… 젊은…… 피를…… 원한다는 거. 그래그래…… 아, 그들은 므왕기를 데려갔지……. 그 애도 젊지 않았더냐?"

응고토는 계속 주절거렸다. 그동안 그의 눈은 내내 은조로게에게 고정돼 있었다.

"네가 배움을 얻고 있어서 기쁘구나. 배울 수 있는 건 다 배워. 그러면 그들이 감히 너에게 손대지 못할 테니까. 그래도 내 아들들이 다 여기 있었더라면 좋았을 텐데……. 내가, 하, 하, 하! 뭔가를 하려고 했거든. 하! 무슨 일이야? 누가 문을 두드리는 거지? 알겠다. 하울랜즈 씨로군. 그가 내 심장을 가져가려고 해……."

응고토의 웃음소리는 차가웠다. 그것은 뭔가 팽팽하고 긴장된 잔향을 공기 중에 남겼다. 이제는 어둠이 오두막 안까지 파고들어 와 있었다. 뇨카비는 어둠을 물리치려는 것처럼 등잔에 불을 붙였다. 그러자 기괴한 그림자들이 벽 위에서 너울거리며 그녀를 조롱했다. 인간이 이런 지경까지 추락할 수 있다면 인생이란 게 도대체 뭔가? 그리고 은조로게는 생각했다. 이 사람이 정말로 내가 남몰래 존경하고 두려워했던 아버지인가? 은조로게의 마음이 흔들렸다. 이미 세상은 거꾸로 뒤집혔다. 응고토가 뭐라 말하고 있었다. 웃을 때를 제외하곤 그의 말소리는 놀랄 만큼 또렷했다.

"보로는 떠났어. 알아버렸거든…… 내가 쓸모없는 아버지라는 걸. 난

그들이 그 애를 바꿔놓으리란 걸 처음부터 알았어. 돌아온 그 애는 날 이
해하지 못했지……. 그러니까…….”

은조로게는 고개를 돌렸다. 방 안에 다른 누군가가 있음을 알았기 때
문이다. 보로가 문가에 서 있었다. 은조로게는 아까 그가 들어오는 것을
봤다. 그의 머리는 길고 덥수룩했다. 은조로게는 본능적으로 그에게서
뒷걸음쳤다. 보로는 마치 빛을 피하려는 듯이 비틀거리며 다가왔다. 여
자들은 제자리에 못 박힌 듯 가만있었다. 그들은 응고토가 누워 있는 침
대 옆에 보로가 무릎 꿇는 것을 보았다. 그리고 그 즉시, 보로가 입을 열
기 한참 전에, 은조로게는 진실을 깨달았다. 그가 할 수 있는 일은 그저
숨을 죽이는 것뿐이었다.

응고토는 시간이 좀 지난 뒤에야 보로를 알아봤다. 그는 주저하는 듯
했다. 그런데 다음 순간 그의 눈빛이 다시 살아나는 것처럼 보였다.

“용서해주세요, 아버지……. 몰랐어요……. 아, 저는…….” 보로가 고개
를 돌렸다.

응고토의 말은 더듬거리며 무감정하게 나왔다. “별것 아니야. 하, 하,
하! 너도…… 날 비웃으러 돌아왔냐? 네 아버지를 비웃을 테냐? 그럼 안
되지. 하! 난 너희 모두가 잘되기만 바랐다. 네가 떠나는 걸 원하지 않았
어…….”

“전 싸워야 했어요.”

“아, 그래…… 이제…… 다시는 어디 가지 마라.”

“여기 있을 순 없어요. 그건 안 돼요.” 보로가 공허한 목소리로 외쳤다.
응고토의 분위기가 변했다. 잠깐 동안 그는 예전의 단호하고 위엄 있는
사내, 집안의 중심으로 돌아간 것처럼 보였다.

“여기 있어야 해.”

"안 돼요, 아버지. 용서하세요."

응고토는 온 힘을 다해 침대에서 일어나 앉았다. 그는 힘겹게 손을 들어 올려 보로의 머리에 얹었다. 그러자 보로가 어린아이처럼 보였다.

"알았다. 잘 싸워라. **무릉구와 루리리***를 의지해. 모두에게 평안이 있길……. 하! 뭐? 은조로게…… 너희…… 어머니를…… 돌봐라…….."

다시 침대로 쓰러지는 순간에도 그의 눈은 여전히 빛나고 있었다. 잠시 동안 오두막 안에는 정적이 감돌았다. 그때 보로가 일어나며 중얼거렸다. "더 일찍 왔어야 했는데……."

그는 밖으로, 빛으로부터 멀어져 밤 속으로 뛰쳐나갔다. 그들은 다시 응고토에게로 시선을 돌렸을 때에야 비로소 그도 다시는 돌아오지 않으리란 것을 알았다. 아무도 울지 않았다.

---

* 민족. 부족.

17장

이 땅을 가로지르는 유일한 도로는 인도인 상점가 근처를 지나갔다. 몇몇 사람의 목소리가 지나가는 트럭이나 자동차에서 이따금 나는 경적 소리와 뒤섞여 들렸다. 잠시 후 여자들이 가게에 들어오더니 그를 보곤 갑자기 하던 얘기를 멈췄다.

"저 드레스 주세요."

"저 밝은색도요."

"장사 안 해요?"

그들은 여러 명이 동시에 이야기하면서 마치 멀리 있는 사람, 절대 돌아오지 않을 사람에게 말하듯 카운터 너머를 향해 소리쳤다. 한 여자가 옆 사람에게 속삭였다. "쟤한테 심하게 하지 마! 무슨 일이 있었는지 알잖아……" 하지만 옆 사람은 한층 더 큰 소리로 외쳤다.

"내 말 안 들려요?"

은조로게는 멍한 상태에서 깨어났다. 목소리는 노곤했고 눈은 흐리멍덩했다. 그는 발을 질질 끌며 구석으로 가서 여자들이 달라고 한 옷을 가져왔다. 그는 그들의 얼굴을 똑바로 보고 싶지 않았다. 그들이 자신의 얼굴에서 어린 시절의 꿈을 보고 비웃을 거라 생각했기 때문이다. 인도인은 자기 자리에 앉아서 깍지 콩과 땅콩을 우적우적 씹어 먹고 있었다. 은조로게는 그 우적우적 소리가 거슬렸다⋯⋯. 아, 제발 좀 그만했으면.

"얼마예요?"

"한 마에 3실링입니다."

"2실링 줄게요."

그는 이런 식으로 몰아대는 손님을 싫어했다. 이런 흥정에서조차 싸울 의지도 없었고, 실랑이를 하는 것도 지겨웠다. 인생도 사람들이 눈에 보이지 않는 힘과 흥정을 하는 커다란 거짓말 같았다.

"한 푼도 못 깎아드려요."

"거짓말 마요!"아까 그 여자가 진심으로 화를 내며 소리쳤다. "왜 우리한테 인도인처럼 굴어요?"

은조로게는 이 공격에 움찔했다. 나가는 그들의 뒷모습을 쳐다보면서 속으로 신음했다. 그는 순전히 필요에 따라 인도인을 위해 일하고 있었다. 그때 인도인이 자리에서 일어나더니 여자들을 다시 불러왔다. 그는 재빨리 똑같은 질의 다른 드레스를 한 마에 4실링씩 받고 팔았다. 은조로게는 전혀 놀라지 않았다.

마침내 여자들이 가게를 나설 때 그들 중 두 명이 잠시 멈춰 서더니 그에게 동정하는 듯한 눈길을 주었다. 은조로게는 쥐구멍에라도 숨고 싶었다. 한때 자신이 구해주려 했던 자들이 그와 그의 가족에 대해 떠들어댈 것임을 알았기 때문이다.

다섯 달이 지났는데도 사람들은 여전히 그 얘기를 했다. 마치 응고토의 죽음과 같은 날 밤에 있었던 하울랜즈 씨의 죽음이 그 전에 있었던 모든 죽음들보다 훨씬 더 중요한 것처럼. 하지만 이 경우에는 한 가족의 구성원 전원이 연루되었기에 더 충격적이었다. 보로와 카마우는 살인 혐의를 받고 있었다.

그 일은 전부 응고토가 죽던 날 일어났다. 하울랜즈 씨는 혼자 거실에 있었다. 가끔가다 한 번씩 천장을 쳐다보다가 탁자를 두드렸다. 한쪽 구석에는 빈 맥주병이 있고 그 앞에 반쯤 찬 유리잔이 놓여 있었다. 하울랜즈 씨는 반항하듯 집으로 돌아와서 죽어가는 농장에 틀어박혀 있었다. 그는 절대 그곳을 떠날 수 없었다. 농장은 그가 구애해서 정복한 여자였기 때문이다. 그는 그녀가 다른 사람의 소유가 되지 않도록 지켜봐야 했다.

그날 밤 그는 화가 나 있었다. 응고토 아들의 눈에서 뭔가를 본 뒤로 자신에게 무슨 일이 일어난 건지 알 수가 없었다. 그는 어린 시절의 자신을 떠올렸다. 아주 오래전 그날, 집 밖에 앉아 자신을 필요로 하는 세상에 대해 꿈꿨던 때를. 하지만 결국엔 1차 세계대전에서 삶의 가혹한 현실과 마주했을 뿐이었다……. 지금 기억나는 것도 모든 걸 잊기 위해 술을 마셔댄 일밖에 없었다. 그는 무시무시한 저주를 퍼부었다.

그리고 응고토. 그는 응고토를 살아 있다기보다는 죽은 것에 가까운 상태로 집에 보냈다. 하지만 풀어줬다는 사실엔 변함이 없었다. 하울랜즈는 자신이 바랐던 만족을 얻지 못했다. 그에게 남은 것은 증오뿐이었다. 그가 응고토를 풀어준 이유는 자코보가 총에 맞은 곳으로 보이는 공중화장실 뒤에서 발견된 공책 때문이었다. 그 공책에는 보로의 이름이 적혀 있었다. 하울랜즈 씨는 처음엔 이해가 안 갔다. 하지만 차츰 응고토가 보로를 보호하기 위해 거짓말을 해왔음을 깨달았다. 하지만 보로는 숲에 있지 않은가? 그는 천천히 진실에 도달했다. 응고토도 살인을 저지른 것이 카마우라고 생각했다. 그래서 아들을 구하기 위해 죄를 뒤집어쓴 것이다. 이 사실을 깨닫고 응고토에게 느낀 증오 때문에 하울랜즈 씨는 밤새도록 부들부들 떨었다. 응고토에게 복수하고 싶어서 근질거리며 술을 마셨지만 새벽이 되자 자기가 생각했던 일을 할 수 없음을 깨달았다.

하울랜즈는 문을 쳐다보았다. 그는 함께 야간 순찰을 돌 경관들과 시민군 병사들을 기다리고 있었다. 그러다 결국 일어나서 거실을 왔다 갔다 하기 시작했다. 왜 지금 아내가 그리운지 알 수 없었다. 이따가 어젯밤에 취했던 흑인 여자를 또 데려올까 생각했다. 그는 어제 흑인 여자들이 좋은 위안이 될 수 있음을 알게 됐다.

하울랜즈 씨에게 야간 순찰은 늘 특별한 즐거움이었다. 권력과 힘을 느끼게 해주었기 때문이다.

문이 열렸다. 하울랜즈 씨가 문에 빗장을 걸어놓지 않았기 때문이었다. 그는 손목시계를 흘끗 보고 뒤돌아섰다. 권총이 그의 머리를 겨누고 있었다.

"움직이면…… 쏘겠다."

하울랜즈 씨는 우리에 갇힌 짐승처럼 보였다.

"손들어."

그는 순순히 따랐다. 평소의 신중함은 어디로 갔던 것일까? 생각에 잠겼던 한순간 때문에 스스로 무장해제가 되고 말았다.

"자코보는 내가 죽였다."

"알아."

"그는 흑인들을 배신했다. 너희 둘이 이 땅의 수많은 아들들을 죽였지. 너는 우리의 여자들을 강간했다. 그리고 마지막으로 우리 아버지를 죽였지. 변명할 말이 있나?"

보로의 목소리에는 높낮이가 없었다. 증오, 분노 혹은 승리의 기색도, 동정도 없었다.

"없다."

"없다라. 지금은 아무 말도 안 하는군. 하지만 네가 우리 조상의 땅을 뺏어 갔을 땐……."

"여긴 내 땅이야." 하울랜즈 씨의 말투는 남자가 "이 사람은 내 여자야" 라고 할 때의 말투였다.

"네 땅이라고! 그럼, 이 하얀 개야, 네 땅에서 죽어라."

하울랜즈 씨는 그가 미쳤다고 생각했다. 두려움이 엄습하자 그는 온 힘을 다해 목숨을 부지하려 했다. 하지만 그가 보로에게 닿기 전에 총이 발사됐다. 보로는 2차 세계대전 동안 명사수가 되는 훈련을 받았던 몸이었다. 하울랜즈의 몸통은 저항하듯 몇 초간 서 있다가 고꾸라졌다.

보로는 밖으로 뛰쳐나갔다. 그는 아무것도 느끼지 못했다. 승리감 따윈 없었다. 그저 할 일을 했을 뿐이었다. 밖에서 그는 앞을 막아서는 경관들과 병사들을 향해 필사적으로 총을 발사했지만 결국 포기했다. 그리고 이때 처음으로 의기양양함을 느꼈다.

"놈은 죽었다." 그가 그들에게 말했다.

아이들이 가게로 왔다. 하교하는 길이었다. 은조로게는 그들의 희망찬 얼굴을 보았다. 그도 한때는 그랬었다. 세상이 교육받은 사람에게 권력과 영광을 가져다주는 곳이라고 생각했을 때에는. 자기가 인도인을 위해 일하게 되리라곤 한 번도 생각해본 적이 없었다. 은조로게는 갑자기 자신이 노인, 스무 살 먹은 노인으로 보였다.

아이들은 그의 멍한 눈빛에 겁을 먹었다. 그리고 그가 무슨 짓을 할 마음을 먹기 전에 쏜살같이 달아나버렸다. 인도인이 자기 자리에서 일어났다.

"넌 해고야." 그가 소리쳤다.

은조로게가 그곳에서 일한 지 채 한 달도 안 됐을 때였다. 집에는 돈이 절실했다.

"알았어요." 그는 이렇게 말한 다음, 이 소식을 은제리와 뇨카비에게 어떻게 전하나 생각하며 힘없이 길을 향해 걸어갔다. 문득 자신이 어린 아이라면, 므위하키가 곁에 있다면, 그래서 그녀에게 모든 고민을 털어놓을 수 있다면 얼마나 좋을까 하는 생각이 들었다. 그리고 그녀를 만나야 함을 깨달았다.

18장

토요일. 므위하키는 시민군 부대 안의 새로운 집 밖에 앉았다. 굳은 표정이었다. 그녀는 자리에서 일어나 집 뒤로 가서는 작은 쪽지를 꺼내어 다시 한 번 읽었다. 여전히 강한 호소력이 느껴졌다. 하지만 막상 그와의 만남을 수락하고 나니 망설임과 죄책감이 들었다. 그가 그토록 그녀에게 하고 싶은 얘기가 무엇일지 궁금했다. 그녀는 아버지가 끔찍하게 살해당했다는 사실을 알았을 때 다시는 은조로게를 만나지 않기로 결심했었다. 은조로게에게 배신감을 느꼈기 때문이다. 어머니가 한 말이 사실이라면 절대 그 아이와 어떤 관계도 갖지 않을 터였다.

그녀가 아버지의 죽음에 대해 알게 된 것은 학교에 있을 때였다. 교장 선생님이 그 소식을 그녀에게 전했다. 잠깐 동안 그녀는 선생님이 자신에게 하고 있는 말이 아버지와 관계됐음을 믿을 수 없었다. 의심의 여지 없이 아버지가 죽었다는 사실을 알았을 때에도 그녀는 울 수가 없었다. 밤새도록 그 사실에 대해 생각했지만 아무것도 느껴지지 않았다. 아무런 고통도 없었다. 집을 향해 출발한 뒤에야 비로소 어제 일어난 일의 온전한 의미가 마치 계시처럼 그녀에게 나타났다. 케냐에 닥친 재앙에 대한 공포가 새로운 의미에서 뼈저리게 와 닿았다. 태어나서 그렇게 울어본 적은 처음이었다.

그녀는 자신에게서 아버지를 뺏어 간 가족의 구성원을 만나러 가기로 약속한 스스로에게 놀랐다. 하지만 식구들이 가장 힘들었을 때 제일 위안이 됐던 말이 은조로게가 그녀에게 해줬던 말이었기에 그를 만나고 싶었다. 그녀는 단호한 말투로 그 말을 어머니에게 그대로 들려줬었다. "내일은 태양이 떠오를 거예요." 그래서 그녀는 하느님에 대한 믿음을 잃기는커녕 천국에서 다시 아버지를 만날 수 있길 바라며 모든 믿음을 그분에게 쏟았다.

은조로게가 그곳에 도착했다. 그는 그녀가 만나주겠다고 해서 기뻤다. 그녀가 자신을 외면할지도 모른다는 두려움이, 지난 몇 달 동안 그녀에게 연락을 하지 못한 유일한 이유였기 때문이다. 그는 그녀에게 무슨 말을 해야 할지 몰랐다. 자코보가 자신의 형에게 살해당했다는 사실이 그를 무겁게 짓눌렀다. 하지만 지금 그녀는 그에게 무엇보다도 소중했다. 그가 그 장소에 도착했을 때는 늦은 오후였다. 므위하키는 그보다 먼저 와서, 지난번에 만났던 곳보다 조금 아래쪽에 서 있었다. 그는 그녀가 조금 말랐음을 알아챘다. 예전의 부드러움이 단단해지면서 갑자기 소녀에서 여자가 된 것 같았다. 므위하키가 은조로게를 쳐다봤다. 그녀는 그의 눈에서 좌절과 절망과 당황을 보았다. 하지만 동정하지 않기로 결심했으므로 그냥 바라보기만 했다.

은조로게는 잠시 땅바닥을 보고 있다가 저 아래의 들판으로 시선을 돌렸다. 둘 사이에 어색한 침묵이 흘렀다. 그는 어떻게 시작해야 할지,

무슨 말을 해야 할지조차 알 수 없었다.

"나 왔어"가 그녀의 첫마디였다.

"우리 앉으면 안 될까?"

"서 있는 채로도 네가 하고 싶은 말은 할 수 있어." 하지만 그가 앞으로 걸어 나와서 땅바닥에 앉자 그녀도 따라와서 멀리 떨어진 곳에 앉았다. 그는 마른 가지를 집어서 부러뜨렸다. 그녀가 그를 차갑게 쳐다보는데 갑자기 눈물 한 방울이 얼굴을 흘러내렸다. 그녀는 재빨리 닦았다. 그는 보지 못했다.

"므위하키, 너랑 내가 이런 상황에서 만나야 한다는 게 이상해." 그가 눈을 들어서 대담하게 그녀를 똑바로 쳐다보았다. "나는 어리고 어리석었을 때부터, 내가 우리 가족, 우리 마을, 우리 고장을 위해 뭘 할 수 있을까를 생각했던 그 오랜 세월 동안 너를 알아왔어. 이제 난 모든 걸 잃었어. 학교, 신앙, 가족까지 모두. 그리고 이제야 네가 나한테 얼마나 소중한지, 네가 얼마나 관심 있게 나의 성장을 지켜봐줬는지를 깨달았어. 그래서 내 가족이 너한테 한 일을 생각하면 더 고통스러워. 남은 건 나쁜이야. 따라서 죄책감도 오롯이 내 것이지. 널 만나서 미안하다는 말을 꼭 하고 싶었어."

"거짓말하지 마, 은조로게. 너는 분명 나한테 경고라도 해줄 수 있었을 거야……."

"그러니까 다 내 탓이라잖아. 하지만 하느님께 맹세코, 너희 아버지의 죽음에 대해 네가 모르는 걸 알고 있진 않았어."

"너 지금 나한테 하려는 말이 설마…… 아니야!" 그녀는 그에게 자기 집에 같이 가자고 했던 사람이 자신임을 잘 알고 있었다. 그녀는 아무 말도 하지 않았다. 그가 고개를 돌렸다.

"므위하키, 내가 미리 알았다면 너한테 경고했을 거라고 거짓말하고 싶진 않아. 하지만 정말 미안하다는 말이 사실이라는 건 보장할 수 있어. 제발 내 말을 믿어줘. 내가 널 사랑하니까." 드디어 말했다. 이제는 그녀가 자신의 마지막 희망임을 알기에 꼭 말해야 했다. 꽤 오랫동안 그녀가 아무 말 않고 있는데도 그는 그녀 쪽으로 고개를 돌리지 않았다.

"은조로게!"

그가 고개를 약간 움직였다. 그녀의 눈빛이 부드러워져 있었다. 그의 마음은 무너져 내렸다.

"므위하키, 나한테 남은 소중한 건 너뿐이야. 내가 널 지켜줘야 할 것 같고, 나도 너에게만은 완전히 의지할 수 있다는 걸 알아. 너 외엔 아무런 희망도 남지 않았어. 지금은 내가 늘 말하던 내일이 환상이었다는 걸 아니까." 그는 여전히 차분한 목소리로 말하고 있었다. 그녀의 눈빛은 명했다. 은조로게는 그녀가 자기 얘기를 안 듣고 있다는 생각에 다시 시선을 돌려버렸다. 그가 용기를 얻은 것은 다시 그를 부른 그녀의 눈에 눈물이 보였을 때였다.

"너를 나쁘게 생각해서 미안해." 그녀가 말했다.

"아니야, 므위하키. 나는 죄책감을 느껴야 마땅하고, 너는 나를 미워할 충분한 이유가 있어." 그는 이렇게 말하면서 그녀에게 다가갔다. 그가 그녀의 왼손을 쥐었다. 그녀는 저항하지 않았고 하염없이 흘러내리는 눈물도 그냥 내버려두었다. 무슨 말을 하려 했지만 마치 뭔가가 목에 걸린 것만 같았다. 그녀는 속으로 괴로워했다. 자제력을 잃어선 안 됐지만 부질없는 일이었다. 속으로는 그가 자신의 손을 잡고 어디론가 데려가주길 바라고 있었기 때문이다.

"안 돼! 안 돼!" 그녀가 마침내 겨우 말했다. 그녀는 그가 너무 앞서 나가기 전에 자신이 말려야 함을 알고 있었다. 하지만 자신에게 그럴 힘이 없다고 느끼고는 애초에 여기 온 자신을 책망했다. 은조로게는 계속 그녀에게 속삭이며 온 힘을 다해 호소했다.

"므위하키, 사랑해. 네가 그러고 싶다면 부디 날 구해줘. 너 없이는 어떡해야 할지 모르겠어."

그녀는 그의 품에 쓰러져서 자신의 연약한 몸을 꽉 끌어안는 남자의 힘을 느끼고 싶었다. 다시 어린 시절로 돌아가서 그와 함께 자라고 싶었다. 하지만 그녀는 더 이상 어린애가 아니었다.

"그래, 우린 여길 떠날 수 있어. 네가 전에 말했던 대로……."

"아니야! 아니야!" 그녀가 절망의 고통 속에서 외치며 그의 말허리를 잘랐다. "나를 네가 구해야 해. 제발, 은조로게. 널 사랑해."

그녀는 양손으로 얼굴을 가리고 가슴을 들썩이며 하염없이 울었다.

은조로게는 달콤한 기쁨을 느꼈고 들뜬 마음으로 그녀의 검은 머리카락을 쓰다듬었다.

"그래, 우리 둘이 우간다에 가서 살……."

"아냐, 아냐." 그녀가 또다시 몸부림쳤다.

"왜 그러는 거야?" 그는 그녀의 의중을 이해할 수 없었다.

"네 제안은 너무 쉬운 현실도피일 뿐이라는 걸 모르겠어? 우린 이제 어린애가 아니야." 그녀가 흐느끼며 띄엄띄엄 말했다.

"그래서 떠나야 하는 거야. 케냐는 우리한테 맞는 곳이 아니야. 벗어날 수 있는데 계속 우물 안에 남아 있는 게 더 어린애 같은 거 아냐?"

"하지만 우린 떠날 수 없어. 떠날 수 없다고!" 그녀가 절망적으로 외쳤다.

그는 또다시 혼란에 빠졌다. 어렸을 때는 므위하키가 더 대담한 쪽인 것처럼 보였었다. 그녀는 그에게서 망설임을 보고는 더 강하게 밀어붙였다.

"기다리는 편이 나아. 네가 말했잖아, 내일은 태양이 떠오를 거라고. 난 네 말이 맞았다고 생각해."

그녀의 눈물을 본 그는 닦아주고 싶다고 느꼈다. 그녀는 어둠에 저항하는 외로운 나무처럼 거기 앉아서 그에게 새로운 생명력을 불어넣으려 애쓰고 있었다. 하지만 그는 살고 싶지 않았다. 이런 삶은 살고 싶지 않았다. 그는 배신감을 느꼈다.

"그건 전부 꿈이었어. 우린 오늘만 살 수 있을 뿐이야."

"그래. 하지만 우리한테는 의무가 있어. 다른 사람들에 대한 의무는 성인으로서 우리의 가장 큰 책임이야."

"그놈의 책임! 책임!" 그가 비통하게 외쳤다.

"그래, 나한테는 책임이 있어. 예를 들면 어머니한테. 제발, 은조로게, 이런 때에 어머니를 두고 떠날 순 없어……. 안 돼! 은조로게. 새로운 날을 기다리자."

그녀가 이겼다. 그녀는 자신이 굽히지 않을 것임을 알았다. 하지만 그 것은 그녀에게 힘든 일이었으므로 그를 두고 떠나면서 가슴을 쥐어뜯으며 울었다. 태양이 가라앉고 있었다. 은조로게의 마지막 희망은 사라졌다. 그는 처음으로 자신이 이 세상에 의지할 사람 하나 없이 완전히 혼자임을 알았다. 지구는 돌고 돌았다. 그에게는 모든 것이 안개에 싸인 듯 보였다. 그는 갑자기 땅바닥에 털퍼덕 엎어져서 "므위하키, 아, 므위하키"라고 외쳤다.

일요일. 은조로게는 두 어머니를 집에 두고 혼자 이리저리 돌아다녔다. 뇨카비는 나가는 그의 뒷모습을 쳐다보았다. 어디 가냐고 그에게 묻고 싶지는 않았다. 두려웠기 때문에 그녀와 은제리는 그의 행선지에 대해 이야기하지 않았다…….

은조로게의 바지가 바람에 펄럭였다. 샛길은 익숙했지만 동시에 길고 낯설었다. 그는 발을 질질 끌면서 걸었다. 어두워지기 전에 다양한 곳으로부터 집을 향해 가는 여자들과 마주쳤다. 은조로게는 그들을 피했다. 그들의 끝없는 동정과 연민을 원치 않았기에 시선을 돌렸다. 그들은 그의 눈에서 오직 절망만 볼 터였다. 그는 계속 말했다. "나라도 그렇게 했을 거야! 나라도 그렇게 했을 거야!" 하지만 그는 두 어머니가 보고 싶었고 마지막으로 한 지붕 아래서 자고 싶었다. 그는 죽은 응고토의 모습을 떠올렸다. 보로는 곧 처형당할 예정이었고 카마우는 종신형을 선고받았다. 구금 중인 코리는 어떻게 될지 알 수 없었다. 홀라 수용소에서 맞아 죽은 사람들처럼 살해당할 수도 있었다. 오, 하느님. 그는 왜 하느님을 찾았을까? 하느님은 이제 그에게 거의 무의미했다. 예전에 믿었던 모든 것, 즉 부, 권력, 교육, 종교 같은 것들에 대한 믿음을 잃었기 때문이다. 심지어 마지막 희망이었던 사랑마저도 그에게서 달아나버렸다.

눈앞에 펼쳐진 땅은 이상한 단조로움을 보여주었다. 이제는 땅과 태양과 달의 부름을 들을 수 없게 된 사람들이 많았다. 응강가, 이발사, 키아리에 등등……. 샛길은 결국 그를 길고 넓은 도로로 이끌었다. 그는 그 길을 따라갔다.

목소리는 여전히 그를 채근했다. 어서! 그는 이렇게 하면 시간이 더 빨리 사라지기라도 할 것처럼 발걸음을 빨리했다. 그가 반갑게 맞이하려고 하는 것은 밤이었다. 목소리가 더 다급해졌다. 어서!

하지만 그는 "밤을 기다려"라고 말했다. 그리고 길이 꺾어진 곳에 다다랐을 때 본능적으로 위를 올려다보았다. 저기, 저기가 바로 그녀가 그를 사랑한다고 선언한 후에 떠나가버린 곳이었다. 들판은 그의 오른쪽에 있었다. 그는 시작도 끝도 없는 도로에서 벗어나 들판으로 이어지는 경사지를 따라갔다. 그리고 바위 위에 앉았다. 그는 주머니에서 조심스럽게 감은 밧줄을 꺼냈다. 그것을 손에 쥘 때 일종의 기쁨이 느껴졌다. 그는 처음으로 혼자 웃었다. 그리고 거기 앉아서 어둠이 다가와 자신을 가려주길 기다렸다.

그는 이 나무를 잘 알았다. 아버지의 죽음 이후 목소리가 자주 그에게 말을 걸었기 때문에 여러 번 이곳에 온 적이 있었다. 지금껏 그를 막았던 유일한 것은 므위하키에게서 삶의 구심점을 찾을 수 있을지도 모른다는 희망이었다……. 그것이 좌절되었을 때 그는 밧줄을 준비했다.

"은조로게!"

그는 동작을 멈췄다. 그리고 혼자서 신경질적으로 웃었다. 나무에 걸린 밧줄은 여전히 그의 손에 있었다. 그때 또다시 걱정 가득한 목소리가 들렸다.

"은조로게!"

이번에 들린 목소리는 또렷했다. 목소리의 주인을 알아차렸을 때 그는 부들부들 떨었다. 어머니가 그를 찾고 있었다. 잠시 동안 그는 결정을 내리지 못했다. 그리고 다음 순간 용기가 사라져버렸다.

그는 계속 떨면서 어머니에게로 갔다. 그녀를 만나는 것이 다시 두려워진 듯했다. 그는 어머니가 들고 있는 빛을 보고 비틀거리며 그것을 향해 갔다. 그것은 그녀가 길을 밝히기 위해 가져온 불타는 나뭇조각이었다.

"어머니." 그는 이상한 안도감을 느꼈다.

"은조로게."

"저 여기 있어요."

뇨카비가 그를 꽉 끌어안았다. 그녀는 아무것도 묻지 않았다.

"집에 가자." 그녀가 힘없이 명령했다.

그는 아무 말 없이 그녀를 따랐다. 자기가 어머니를 실망시켰고, 어머니들을 돌보라고 한 아버지의 유언을 지키지 못했다는 사실만 의식하고 있었다. 그는 새로운 날을 기다리라고 부탁했던 므위하키의 목소리를 저버렸다. 그들은 통금 시간이 지났는데도 아들을 찾아 뇨카비를 따라 나온 은제리를 만났다. 이번에도 은조로게는 은제리에게 아무 말도 하지 않았지만 죄책감을 느꼈다. 어렸을 때부터 평생 준비해온 책임을 저버린 사내의 죄책감만 느껴졌다.

하지만 집이 가까워지면서 조금 전 있었던 일이 머릿속에 떠오르자 목소리가 다시 나타나서 그를 비난했다. 너는 겁쟁이야. 너는 늘 겁쟁이였어. 왜 안 한 거야?

그러자 그가 큰 소리로 말했다. "내가 왜 안 했냐고?"

목소리가 말했다. 네가 겁쟁이이기 때문이지.

"그래." 그가 혼잣말로 중얼거렸다. "나는 겁쟁이야."

그리고 그는 집을 향해 달려가서 두 어머니를 위해 문을 열었다.

노스코트 홀*
1962년 7월

---

* 마케레레 대학교의 남자 기숙사들 중 하나.

옮긴이의 말

1938년 응구기 와 티옹오는 작중의 마후아 마을처럼 나이로비에서 북쪽으로 약간 떨어진 카미리투라는 마을에서 태어났다. 그의 가족은 "아버지, 아내 네 명, 아이 스물여덟 명으로 이루어진 일부다처제 대가족"이었는데 아버지는 작중의 응고토처럼 유럽인들에게 땅을 빼앗겼다. 이처럼 정착민들에게 토지를 빼앗긴 원주민들의 불만은 (마우마우단의 전신인) 케냐 토지 및 자유 수호단의 결성 계기가 되었으므로 작중의 보로처럼 응구기의 형 므왕기는 마우마우단의 일원이 되었고 이 때문에 그의 어머니는 3개월 동안 시민군 부대의 독방에 갇혀 고문을 당했다. 하지만 "형은 저에게 학교를 그만두지 말라는 전갈을 계속 보냈어요. 제 교육에 집착했죠."

응구기는 미션스쿨과 아프리카인들을 위해 설립된 엘리트 식민지 학교인 얼라이언스 고등학교에 다니는 동안 찰스 디킨스, 로버트 루이스 스티븐슨, 헨리 라이더 해거드, 존 버컨의 책들을 읽었다. 비상사태 기간 동안에는 학교에서 키쿠유어로 말하면 회초리를 맞았지만 그는 어머니에게 "우리가 아무리 배를 곯아도 학교는 절대 빠지지 않겠어요"라고 약속했다.

《울지 마, 아이야》는 대략 1945~1956년 무렵을 배경으로 하고 있는데(비상사태 기간은 1952~1960년, 케냐의 독립은 1963년이다) 은조로게의 추정 생년은 1936년경으로 응구기의 나이와 비슷하며 여러 가지 정황으로 보아 작가의 경험이 은조로게의 삶에 많이 반영된 듯하다. 일례로 작중에서 은조로게의 형 므왕기가 2차 세계대전에서 전사했듯이 응구기의 형 역시 2차 세계대전에 참전했다가 아군인 영국 공군의 케냐 산 폭격으로 목숨을 잃었다. 청각장애인이었던, 응구기의 또 다른 형은 비상사태 때 "영국 군인들의 정지하라는 말을 듣지 못해서" 군인들의 총에 맞아 죽었다.

이야기는 2차 세계대전 종전 직후부터 시작된다. 당시 케냐는 정치적 긴장이 팽팽하던 시기, 바꿔 말하면 독립 운동을 향한 움직임이 태동하던 시기였다. 물론 1920년대부터 식민주의자들에게 저항하는 움직임이 있긴 했지만 이 무렵부터 (1) 본디 원주민들의 것이었던 땅을 유럽인 정착민들에게 빼앗기고 그들 밑에서 소작인으로 살아야 하는 현실의 부조리함을 사람들이 깨닫기 시작했고, (2) 그럼에도 불구하고 합당한 임금을 지급받지 못해 몇 차례 파업을 시도했으나 실패했으며, (3) 군인들은 고향에 돌아오면 백인들로부터 합당한 보상을 받으리라 기대했는데 보상을 받기는커녕 실업자가 되었고, (4) 이렇게 전쟁을 겪으면서 영국도 나치에 대항해서 전쟁을 하는데 우리는 왜 영국에 대항해서 전쟁을 하면 안 되냐는 사실을 깨닫기 시작했기 때문이었다.

그리하여 결성된 마우마우단이 케냐 산의 숲 속에 근거지를 두고 게릴라 활동을 하기 시작하면서 상황을 통제할 수 없게 된 총독 에벌린 베어링은 1952년 비상사태를 선포하고 KAU의 수장인 조모 케냐타를 체포했다. 당시 영국군의 진압 정책은 상당히 가혹해서 통금을 어기거나 거주지를 이탈했다는 이유만으로 수만 명을 강제수용소에 가두었고 (강제수용소 안에서는 굶주림, 고문, 폭력으로 사망자가 속출했다), 마을 주위에 가시철조망을 둘러 사람들을 격리하고 출입을 통제하였으며, 마우마우단으로 의심된다는 이유만으로 수많은 사람들을 재판 없이 즉결 처형했다. 이 같은 사실들은 영국 정부의 거짓말에 의해 오랫동안 베일에 가려져 있다가 극히 최근에야 서방의 학자들에 의해 밝혀지기 시작했다.

《울지 마, 아이야》는 이러한 역사적 격동기를 배경으로, 한 소년이 청년으로 성장해가는 과정을 통하여 식민 통치의 부조리함과 부당함, 정착민들의 잔인함과 원주민들의 억울함을 보여주고 있다. 지금은 힘들지만 서양식 교육만 받으면 언젠가는 우리 민족, 우리 고장에 꼭 필요한 인재가 되어 더 나은 내일을 만들리라던 은조로게는 결국 투쟁의 결과로 아버지와 세 형을 잃지만 그렇게 해서 식민주의자들의 우두머리들을 제거했는데도 하나도 변한 것이 없는 현실을 발견하고, 아무런 희망이 없는 생활 속에서 유일한 사랑인 므위하키마저 잃고 나자 자살을 결심한다.

현상의 본질은 파악하고 있으나 이렇다 할 대안을 제시하지는 못하는 다소 감정적인 결말은 은조로게와 마찬가지로 작가가 어린 나이(작품 마지막에 "1962년 7월"이라고 적혀 있는 것으로 보아 스물네 살에 완성한 듯하다)였기 때문으로 보인다. 하지만 비록 본인의 적극적인 의지에서가 아니라 가족에 대한 의무감 때문이었다 해도《모든 것이 산산이 부서지다》의 오콩코와 달리 주인공이 죽지 않는 결말로 끝나는 것은, 그럼에도 불구하고 은조로게의 미래에 일말의 희망이 남아 있음을 의미하는지도 모르겠다.

황가한

울지 마, 아이야

1판 1쇄 인쇄 2016년 5월 16일
1판 1쇄 발행 2016년 5월 23일

지은이 · 응구기 와 티옹오
옮긴이 · 황가한
펴낸이 · 주연선

책임편집 · 심하은
편집 · 이진희 백다흠 강건모 이경란 윤이든 강승현
디자인 · 이승욱 김서영 권예진
마케팅 · 장병수 김한밀 정재은 김진영
관리 · 김두만 유효정 신민영

(주)은행나무
04035 서울특별시 마포구 양화로11길 54
전화 · 02)3143-0651~3 | 팩스 · 02)3143-0654
신고번호 · 제 1997-000168호(1997. 12. 12)
www.ehbook.co.kr
ehbook@ehbook.co.kr

잘못된 책은 바꿔드립니다.

ISBN 978-89-5660-906-5 03890